UNE FEMME A ALGER

Fériel Assima

UNE FEMME A ALGER

CHRONIQUE DU DÉSASTRE

arléa

ISBN 2-86959-224-8

Quel jour sommes-nous ? C'est la première question que je me pose avant de me lever. Ce genre de chose n'a jamais eu d'importance pour nous. J'ai rarement vu un Arabe se demander ça ! Pourquoi faut-il qu'aujourd'hui je m'en préoccupe ? Du pain, est-ce qu'il y aura du pain ? Ça c'est une vraie question. Du lait... est-ce que le camion de lait est passé ? J'ai presque envie de rire. C'est encore une vraie question. J'ai même pris l'habitude de me réveiller à cinq heures pour écouter le moteur du camion de lait. C'est idiot. C'est un effort inutile ; ce camion-là, ça te fait vibrer un village entier. Je me souviens de ce Français qui se plaignait de « tapage nocturne ». Il est allé déposer une plainte au commissariat. Alors les gars lui ont dit :

– Bon, qu'est-ce qui ne va pas, moussiou.

Lui, il a expliqué qu'il travaillait dur et qu'il y avait deux choses à régler définitivement : le camion de lait et l'appel du muezzin.

– Alors qu'est ce qu'on va faire ?

– Il faut supprimer les haut-parleurs. Je connais le pays, moi ; je peux vous dire que je n'ai jamais vu ça. Je les ai comptés : il y en a six ! Six haut-parleurs autour du minaret. Il faut quand même pas pousser ! Ou bien on en supprime ou alors on change de méthode, hein ? Six, c'est un peu trop. En attendant, il peut commencer par baisser le son, parce que je vais te dire, ses trucs, il les met à fond. Tu comprends ?

– On va s'en occuper.

Le gars, c'est dans la semaine qu'il est parti. Clic-clac. Les valises et tout.

– C'est ma direction qui me rappelle. Je ne comprends pas... je ne comprends pas...

Voilà ce qu'il répétait, les yeux sortis de leurs orbites, le visage si rouge qu'on aurait dit qu'il s'étranglait.

De ce temps-là, pour rester, il ne fallait pas se plaindre. Des dossiers bien ficelés pour te débarrasser d'un imposteur, rien de plus facile : la police connaît son métier. Alors le camion de lait peut toujours passer. Et ça fait des années qu'on l'attend, trois minutes à cinq heures. Et on se rendort, bercé par le ronflement terrible de sa mécanique.

Ce matin, je ne sais pas ce qui m'arrive. J'ai comme l'impression que cette journée sera différente des autres. Ça devrait me réjouir mais j'ai du mal à retrouver un vrai sourire. Tu vois, une vraie joie. Quelque chose qui me rendrait indifférente à tout ce qui pourrait m'arriver. Le rire... ou le sourire... comment dire... innocent.

Une de mes amies m'a téléphoné hier, dans la nuit. Son message était très simple. Elle veut que je la retrouve à midi, chez elle, puis qu'on aille déjeuner au bord de la mer. Chez Habibou. Djamila n'a pas l'air de comprendre que sa proposition est dangereuse. C'est de l'inconscience ou de l'idiotie. Elle fait partie de ces grandes familles qui ont dirigé, pillé, massacré puis aimé le peuple. Tour à tour, elles ont été maudites, enviées, vantées puis aimées par ce même peuple. Va comprendre. C'est toute une philosophie.

La villa Marguerite croule sous les fleurs. Les rosiers ont travaillé la pierre et lui ont laissé cette couleur terne qui se transforme en poudre d'or quand un rayon de lumière la couvre. C'est pour ça qu'on pense que les gens vivant à l'intérieur sont riches. Les roses, les bougainvillées, les géraniums ou les glycines, ça pousse et ça fleurit chez les riches et les Français. Villa Marguerite, il faut prendre le temps d'admirer la façade pour lire ce nom. Dans le quartier, on l'appelle Dar Roumi, et c'est tellement plus beau !

Je ne sonne pas à la porte. Je klaxonne. Quand on t'invite à sortir, il faut éviter d'entrer sans quoi c'est fichu : ta journée, tu la passes enfermée, à écouter les litanies de la famille. Ça va du velours des fauteuils qu'on n'a pas changé depuis dix ans aux mosaïques d'Espagne volées dans un grand hôtel d'État, du temps où le grand frère avait de hautes fonctions. Et on fait la visite, des étages au jardin. Là, tu t'aperçois qu'on ne s'ennuie jamais à vivre enfermé. On fait le tour de ses appartements, de ses haines et, pour finir, de ses illusions. On rentre chez soi épuisé, le ventre gonflé de semoule et de miel.

Je klaxonne une seconde fois. La ruelle commence à se remplir d'enfants bruyants et excités. On ne parle jamais qu'en criant dans ce pays de sourds. J'ai une envie folle de m'en aller. Ces agitations m'inquiètent ; et l'autre qui traîne.

Enfin, Djamila s'engouffre dans la voiture ; elle n'a pas l'air d'une femme qui va déjeuner au bord de la mer. C'est l'une des tenues les plus longues que je lui connaisse : elle est couverte, de la tête aux pieds, d'une étoffe qui l'enveloppe et cache le dos ouvert de sa robe.

– Où tu vas, habillée comme ça ?

– Changement de cap. Je n'ai pas voulu t'inquiéter, hier soir. On va à Blida. Ça ne te dérange pas, hein ?

– Bon, on va à Blida ; et après, qu'est ce qu'on fait ?

– Il s'est passé une chose terrible dans la soirée, c'est affreux ! Le gardien... Puis elle éclate de rire.

– Tu plaisantes ? Quoi le gardien ?

Djamila rit comme une folle. Ses seins se soulèvent et semblent rejoindre sa gorge tant elle rit violemment. J'ai bien peur que son histoire soit grave ; elle ne jouerait pas si bien, ou alors...

– Ils l'ont lacéré. Heureusement qu'il n'ont pas touché le cœur ! C'était pas son jour. Les fesses... Hi ! Le pauvre diable, les fesses... ils lui ont lacéré les fesses.

– C'est horrible...

La blessure de l'autre m'atteint jusqu'au cœur. Le gardien ? Pourquoi ont-ils voulu le tuer ?

– C'était pour le tuer ? C'est sérieux ce que tu racontes ?

– Roule, roule ! On va à la villa des Eucalyptus. Ils ont peut-être tué la vieille et cambriolé le reste.

– Mais qui « ils » ?

– J'en sais rien ! Vraiment, tu es marrante. Qui « ils » ? « Ils » ! Mais cette sale race !

La route qui mène aux Eucalyptus est déserte. A cette heure de la journée, les campagnes sont abandonnées. Pas une âme. Les cageots de légumes sont retournés sur le bord du chemin. Parfois, ils servent de berceaux dans lesquels s'endorment de jeunes enfants, gardés par d'autres à peine plus grands, assis tels des statuettes d'argile qui cuisent sous le soleil.

La lumière gonfle la terre en laissant des traînées vertes ou jaunes autour des arbres : un tas d'orties et de chardons qui poussent dans son sillon. Les paysans disent que c'est le feu qui veille sur nos champs. Ils disent encore : « Ce qui pique et brûle, c'est le venin de la terre, c'est la haine qui monte du dedans. »

Pour atteindre les villages, il faut passer de nombreux barrages. Cette région est une « zone sensible », comme on a pris l'habitude de dire. Djamila m'indique d'un geste vague la direction à prendre. Son attitude est désagréable. J'ai l'impression qu'elle ne sait pas très bien où elle nous mène. Par deux fois, des soldats nous obligent à faire demi-tour ; la route débouche sur des bidonvilles ou des fermes abandonnées qu'il faut à tout prix éviter. Djamila était pourtant persuadée de connaître le chemin.

– Comment veux-tu que je me retrouve, il n'y a pas une pancarte que je reconnaisse. En deux ans, il en a poussé des centaines. Des villages ça ? Le premier bidonville et bing ! Une pancarte : « Bidonville-City-One ». Franchement, tu vois des villages, toi ?

J'ai du mal à garder mon calme. Voilà presque deux heures qu'on tente de sortir de ce paysage lunaire. On roule, vitres fermées, sous une chaleur infernale. Heureusement, je ne sais par quel miracle, la maison apparaît. Sa grille verte n'est plus qu'un amas de ferraille délabrée ; le moindre coup de vent pourrait la décrocher.

– Regarde-moi ce qu'ils ont fait de ce palais ! Tu as vu ça ! C'est des rats, je te jure, des rats. Le fer, ils te le bouffent. Le fer, tu imagines ! Tu crois qu'elle était comme ça ? La tonnelle, tiens, la tonnelle, de ma vie je n'en avais vu une si belle, même à l'étranger. Jamais ! Les roses et les jasmins s'enroulaient autour des arceaux comme des guirlandes de papier-crépon. Le matin, tu les voyais éclater, comme des boules de glace. C'est pas pour rien qu'on en mangeait ! Tu vas entendre la vieille Fatou comment elle raconte ça.

Une vieille femme s'est approchée. Elle explique que, le soir, « les autres » coupent par le jardin et passent de l'autre côté des champs pour rejoindre leur camp. C'est pour ça que les jasmins sont arrachés. Le chef de la gendarmerie lui a demandé d'élever un mur mais ce serait trop dangereux car « les autres » pourraient croire qu'elle est de leur côté. Alors elle a fait la sourde oreille. La même journée, un gars lui a dit qu'elle n'avait rien à craindre ; qu'elle pouvait dormir tranquille. Pour le moment, ils n'ont rien pris. Sauf du côté du jardin où les jasmins sont arrachés. Elle a bien tenté de les redresser mais tous les soirs ils escaladent l'endroit et s'enfuient comme des loups de l'autre côté des champs.

Une camionnette déboule brusquement, nous noyant dans la poussière. Le conducteur crie :

– Sales putes, c'est pas la culotte qu'on va vous arracher, c'est la tête !

Les hommes installés à l'arrière se dressent en nous montrant le Coran ouvert, puis ils se mettent à danser. On dirait des fauves. Leurs silhouettes ballottées semblent se hisser jusqu'au ciel. La voiture disparaît dans cette nuée. Ce n'est pas un mirage. Djamila court, une main appuyée contre sa nuque, le sang coule sur son dos nu. Tout s'est passé si vite ! Nous nous précipitons à l'intérieur de la maison, certaines d'avoir échappé à un grand malheur. La vieille femme ferme à triple tour les énormes verrous des portes et répète d'une voix lente :

– Ne t'inquiète pas. C'est ce qu'ils font pour effrayer les jeunes filles, ils les cinglent avec un fil de fer. Tu n'as pas grand-chose. Bon, tu diras à la générale que les broderies sont prêtes. Si elle veut, elle vient les chercher ; sinon elle envoie le djounoud. Mais tôt le matin. Maintenant que tu as vu de tes yeux ce qui se passe ici, pas la peine de venir le midi. Le reste, je lui prépare pour plus tard.

Mon cœur bat si fort ! Les voix des récitants me parviennent jusqu'ici. On sait que les villes et les villages sont envahis par des milliers d'hommes qu'on appelle les barbus. Leur révolte est sérieuse mais l'armée n'intervient pas. Elle s'efface devant eux, disparaît dans ses casernes fermées, elles aussi, à triple tour. Les voix montent, violentes ou sourdes, elles martèlent l'atmosphère durant des jours, elles courent, s'envolent, portées par des camions dans lesquels s'entassent des dizaines et des dizaines de barbus. L'armée ne bronche pas. La vieille parle encore de broderies, de caracos et de brocards. Elle dit qu'il ne faut pas que le djounoud vienne, ou alors pas avant d'avoir fait boucher et cimenter le puits. Elle veut être sûre qu'on ne la jettera pas au fond.

Je ne sais comment nous avons regagné nos maisons. Djamila était peut-être restée là-bas. Sa blessure... ? Je ne m'en souviens pas. J'arrivai, défigurée par la peur ! Mes vieilles tantes étaient au désespoir ; elles déambulaient dans le couloir et répétaient :

– On va bientôt partir... Ma fille, où tu étais ? On va déguerpir... Tu as vu comment ils s'agitent, tous ces sauvages... Pourquoi ils restent pas tranquilles ?... C'est des diables... Dis, où tu étais ? C'est pas des manifestants, ça ! Dis, y a que des gosses !

Sélim est là. Ce genre d'agitation le fait aussitôt se précipiter chez nous. Ses connaissances en médecine l'ont sérieusement avantagé auprès des nôtres puisqu'il est devenu l'un des rares cousins qu'on accueille. Il a pu épouser ma grande sœur Chahine et veiller sur la santé de toutes nos vieilles en leur prenant régulièrement la tension. C'est pourquoi elles lui vouent un amour immense, le chérissant comme un enfant. Elles le regardent de leurs yeux mouillés de vieillesse, guettant le mot qui les rassurera. Lui contemple le plafond en répétant qu'il faudrait un étage de plus, un étage pour voir la mer ; pour sentir les algues que les vaguelettes déposent sur le sable et le goudron ; un étage pour y dire les meilleurs vers de Boris Vian. Ça me rappelle mes oncles qui disaient d'une voix retentissante : « La masse en action, c'est aussi impressionnant qu'une pluie de boue... La masse déferlante est veule et hargneuse quand elle prend la rue à témoin pour lancer son défi. » Oui, voilà ce qu'ils auraient dit devant ce chambardement. Puis ils se seraient tenus à l'écart, au plus loin des autres.

Les premiers coups de feu claquent. Nous nous rassemblons derrière les fenêtres. C'est encore une de nos attitudes impossibles à corriger qui nous fait naturellement défier le danger. Nous sommes, en quelque sorte, courageux par curiosité. Chacun se demande d'où sont partis les coups. On n'ose pas compter les morts d'aussi loin.

Je m'habitue si vite aux gesticulations des fuyards que, bientôt, je ne les vois presque plus.

La colline s'impose tout entière à ma vue. Le temps l'a liée un peu plus à la mer et elle prend place au bord de la baie. Les villes jusqu'alors paisibles s'ouvrent brusquement à la haine, ne laissant au-dessus de la baie qu'un rocher désolé : Alger. Alger sale et délabrée.

Il suffit, aujourd'hui, de poser son regard sur le port : les filets déchirés pendent comme des lambeaux. Les pêcheurs ne pêchent plus. Ils dorment dans des cales de bateaux, dans des caveaux de sable. Leur ventre est tatoué de rêves obscènes qu'ils crèvent d'un tesson de verre ; puis ils frottent leur blessure en hurlant. Leur bouche édentée crache les pires injures. Ils maudissent à pleine gorge ces hommes qui les ont toujours trompés.

Ces voix, je voudrais ne jamais les avoir entendues. Je ne me souviens de rien. J'ai déjà tout quitté, tout regretté... Autant en emporte le vent.

Je m'écarte de la fenêtre pour m'enfermer, comme les autres, dans un profond silence. Notre principale crainte est que tout bascule. Je me demande, parfois, ce qui nous pousse à craindre une telle chose ; même si « les autres », les partisans du FIS, gagnent du terrain. Ces fous de Dieu sont persuadés de leur force. Ils exigent de chaque famille qu'elle leur donne ses enfants. Celles qui s'y refusent tremblent qu'ils les leur prennent.

Mais quel fils, aujourd'hui, arracherait-on à la mère ? A quelle veuve ferait-on oublier le malheur ? C'est une terre veuve, sans fils, sans maître. Sans avant ni après. Une terre sans histoire, sans nation et sans peuple.

Nous avons simplement cru que nous vivions libres. Aussi libres que ces maîtres que nous enviions. Nous avons toujours rêvé que nous étions heureux. Aussi heureux que la sécurité militaire nous forçait au silence. Combien de grands hommes se sont inclinés devant ces chefs militaires ? Combien d'autres ont couru vers eux, mendiant ce nécessaire qui ferait d'eux des êtres dignes : une voiture, un appartement, une prise en charge, et quelques devises ? Nous ne nous sommes jamais sortis de ces servilités car, au fond de nous, un chef est un chef. Nous avons toujours été là pour l'aduler, le porter sur nos têtes et le maudire dans nos cœurs. Voilà comment nos ennemis sont devenus nos héros, nos héros nos chefs, nos chefs nos tyrans. Nous n'avons jamais été que de coupables poltrons !

* *
*

Ces derniers temps, dans le quartier, on ne parle plus que de cette rumeur. Tout le monde s'attend au pire et les derniers avertis pressent le pas. Ils rentreraient bien chez eux en sifflotant si l'apprentissage de la peur ne leur semblait désormais une affaire sérieuse. La question est nouvelle. Et la nouveauté, c'est quelque chose qui ne s'apprend pas mais qui s'imite. Voilà pourquoi, ce matin, quand le jour se lève, je me précipite aux fenêtres. Tout paraît apaisé : le rond-point porte toujours, en son centre, cet affreux poteau de fer au bout duquel ne flottent plus ni drapeau ni guirlande. Une seule fois, un notable y a placé un énorme lampion qui a immédiatement servi de cible. Une nuit, un chauffard ivre a défoncé le poteau jusqu'à la racine... De rares artistes se sont alors empressés de déposer leur projet à la mairie, mais, devant la délégation communale, seuls quelques coups de marteau ont semblé suffisants pour le redresser. Au-dessus des balcons, les plus téméraires ont osé crier :

– Arrachez-le... avant que Dieu vous le plante dans le dos comme vous nous l'avez planté devant les yeux.

Les autres, aussi méprisants qu'on les devinait couards, sans doute gênés d'un si grand manque de grâce s'esclaffaient :

– Pise ! Ya Rabbi, on ne peut pas l'inventer !

Le poteau est en travers de la route et la route est barrée. Pas un homme au-dehors, seules quelques jeunes femmes qui s'installent sur les marches des boutiques... patientes et silencieuses. Pendant de longs moments, je les regarde qui attendent, près de leurs paniers vides, que le rideau se lève. Pendant de longs moments, elles se rangent sous le soleil encore pâle. Elles posent leurs longs voiles de nylon et attendent les premiers appels. Pas un murmure… juste le soleil qui plisse ses rayons au-dessus des mûriers. Pas un volet ne claque aux façades de la rue. Pas une fenêtre ne s'est frottée d'un peu de lumière. Juste le soleil qui trace à vif, sur la file, un faisceau brûlant.

Les commerces de l'avenue principale ont leur rideau fermé de la gouttière au trottoir ; parfois, les cartons, traînés de l'intérieur, surprennent le passant qui discourt tranquillement devant la devanture, comme si les pans d'aluminium avaient des bouches et des oreilles…

Sélim en est à son troisième tour en ville. Il est à peu près sûr de trouver une faille dans cette extraordinaire paix des trottoirs. C'est pour ça qu'il donne à son corps cette démarche de chien à l'affût. Il marche « avec ses oreilles ». Le moindre bruit lui parviendrait. Rien pourtant. Les pires reproches lui montent aux lèvres. Il se voit planté au milieu de la rue, hurlant et aboyant comme une bête enragée, prêt à déchiqueter ce tas de femmes alignées, à contaminer le quartier entier de sa rage… Soudain, il s'immobilise, la tête légèrement relevée, dans cette posture d'aveugle. Quelque chose remue derrière le rideau :

– Tu as pas eu le lait, hier ?

– ... pas passé..

– La petite *hanout*[1], à droite, près du marché... elle a ouvert.

– ... rien dans sa boutique... averti ?

– Tu as raison... si, certainement, tout le monde le sait... Hé ! en vérité, vous la jouez sérieux !

– Monde dehors ?

– ... normal... pas trop pour le moment... « soutien moral ! »

Et il rit.

Éclat de rire.

– Hé... écoute... Ho ! Tu m'entends... ? Ma parole... la ville fantôme ! Ma parole, celui qui veut nous envahir... pas besoin de sortir la grosse artillerie... le pays entier est livré !

Rire fou.

– Arrête tes conneries.

– Sors... sors, tu vas voir ! Au passage, prends un paquet de sucre.

– Ouais... mais discret, hein ! Attends... je vais te servir derrière. Viens... tu as la monnaie ?

– Punaise ! la grève, tu trafiques et je paie !

– Tu veux du sucre ?

– Donne, donne... quatre paquets... en morceaux et...

– Rien d'autre ! Rien, compris ? Un Arabe,

1. Hanout : boutique.

c'est ça. Tu lui tends la main, il te prend le bras. Allez, un paquet et tu dégages.

– Quoi ? Tu me traites comment ? Garde ta merde, sale juif puant ! Tu crois que c'est sérieux ? Ça emmerde le peuple au lieu d'aller gueuler là où il faut ? A quoi ça sert de fermer ta boutique à rats ! Regarde un peu, abruti, si c'est pas au peuple que tu fais le plus de mal. Regarde ces gens qui attendent que tu leur ouvres, et qui crèvent de faim toute la journée. Ils ont besoin de manger...

– Manger, tu n'as que ce mot à la bouche. Qu'est-ce que tu fiches à te remplir les yeux du matin au soir ? Ils n'ont qu'à aller bosser, va...

– Sale voleur...

– ...

– Saleté de voleur...

– ...

Une femme s'approche et lui demande, intriguée :

– Qu'est-ce qui t'arrive, avec qui tu parles ?

– Le salopard qui est à l'intérieur.

– Il ne peut pas ouvrir, c'est la grève... Tu es pas au courant ?

– Qu'ils aillent se faire foutre avec leur grève ! Depuis quand ils savent ce que ça veut dire, ce mot ? Tu sais ce que je ferais, moi, si j'avais le pouvoir ? Est-ce que tu sais seulement ce que je ferais ? A coup de crosse, ma belle ! Eh oui ! Pas de discussion ! Ce plouc ? Là, comme il est, il te sort : « La grève » !

– Tu es complètement allumé ! Ils ont leurs raisons !

– Et c'est de s'enfermer ?... Et maintenant toi... toi, tu vas me faire croire que tu comprends quelque chose à tout ce cinéma ? Spécialiste alors ?... spécialiste ou pas ?...

– Mais qu'est-ce que tu racontes... C'est pas la question...

– Je te demande : spécialiste ou pas ?

– Non...

– Alors, tu fermes ta gueule !

Je ne sais ce qui s'est passé, mais d'un seul coup, la rue s'est laissée envahir par des hordes d'enfants menés par des hommes en djellabas. La cohorte marche d'un pas décidé, encourageant de ses chants d'autres gens à les suivre. Brusquement, des camions militaires surgissent et des soldats jaillissent de toutes parts, matraquant la foule qui grossit effroyablement, comme si chaque coup porté contre elle faisait jaillir de son corps un autre groupe d'enfants. Sélim disparaît au milieu de la débandade, emporté dans le mouvement de ces centaines de jambes qui le piétinent, le fouettent. Par miracle, des enfants du quartier l'arrachent aux coups mortels de ces hommes devenus fous. On se bat à coups de pierres et de herse. A l'angle de la rue, abrité par ces mêmes camions militaires, un soldat empoigne un homme par les cheveux et lui plaque violemment le visage contre la bordure du trottoir. Le sang gicle et les femmes, de leurs balcons, poussent des youyous déchirants. Elles jurent sur toutes les tombes que leur ventre jettera d'autres enfants, d'autres hommes, un nouveau peuple !

Le vent de la haine s'est levé ce jour-là.

* *
*

Depuis cet épouvantable événement, la tension n'a cessé de monter. J'ai appris que des mouvements analogues se sont produits dans d'autres banlieues d'Alger ainsi qu'à l'intérieur du pays. Devant le calme précaire de la région, je crains d'autres soulèvements. L'armée, curieusement, a déserté les banlieues, favorisant, dans les rues, le pillage organisé essentiellement par des enfants. Des enfants à la solde des chefs islamistes, affirment les radios du pays. L'événement est assez dérisoire. La presse d'État continue d'annoncer les triomphes d'une équipe de football ; les journaux disputent sur le nombre exact de morts qu'ont fait les dernières révoltes de la rue. La rumeur devient la reine de l'information : le téléphone arabe retrouve ses lettres de noblesse.

En quelques jours, les mairies sont prises d'assaut. Les allées et venues ne m'inquiétaient pas jusque-là, et je les observais avec détachement.. Je profitais de mes promenades au club nautique pour dialoguer un peu plus longuement avec les jeunes moniteurs. Ils m'assuraient que les choses allaient radicalement changer. De tous ces discours, il me semble n'avoir rien retenu. Je garde simplement en mémoire cette lueur qui passait dans leurs yeux quand ils prononçaient le nom d'un chef islamiste. Ce même éclair que je devinais lorsqu'une femme voilée se détournait brusquement de moi, et qu'elle laissait derrière elle cette odeur acide que je sentais longtemps comme un picotement sur la langue. Je méditais alors les paroles entendues, consternée à l'idée que le peuple pût désirer, avec une telle violence, ce qu'il appelait sans autre précision : le changement.

Je me suis longtemps demandé à quoi un tel choix pouvait servir. Le changement ! Pourquoi faut-il qu'il nous vienne si rapidement et dans un tel désordre ? Est-ce que le changement va réellement transformer ma vie et me rendre plus heureuse ? Il faut peut-être envisager un changement pour le pays ; je sais qu'il est ruiné. Les déclarations des dirigeants ne nous apprennent rien sur notre économie désastreuse. Le pays est perdu. Rien, donc, de nouveau, sinon que des apparatchiks le perdent à leur tour. Et de cela encore je me fiche. La presse, toujours aussi déconcertante, est abandonnée au profit des commentaires de rue, ceux-là plus vrais que tout. Je reste tout de même consternée par l'attitude des gens que je fréquente. L'indifférence laisse bien peu de place à l'inquiétude. Dans les grands salons d'Alger, on imagine qu'on cède le désert le plus rude à ces forcenés. Après tout, si c'est vivre « à la Prophète » qu'ils souhaitent, à leur guise ! Qu'on leur donne à bouffer ! Ou qu'on leur coupe les vivres ! Le présent montre qu'aucune sanction ne peut désormais inquiéter ce peuple nouveau. Et cette résignation m'éloigne un peu plus des miens. J'ai vu, jusqu'ici, des seigneurs orgueilleux devenir en un jour des tyrans. J'ai vu, jusqu'ici, des êtres serviles, toujours prêts à s'incliner devant ces chefs qu'ils haïssent. J'ai vu tant de familles perdre leur dignité dans l'espoir de gouverner à leur tour !

Et je vois, aujourd'hui, tous ces gueux se soulever pour un seul homme. Ceux-là, il m'est bien difficile de les craindre. Ils ont été polis par nos propres mains. Chacun de nous les a faits. Ils se disent fils intrépides, soldats de l'empire de Dieu !

Prétentieux seigneurs ! Les voilà, à leur tour, semblables à ces tyrans qui pleurent de leurs yeux de sang, poignardent furieusement leurs frères, leurs jumeaux. Ces hommes, chacun de nous les a faits. Celui-ci et celui-là réunis c'est mon sang, chairs de ma chair coupable qui les a fait naître pour les défendre, et les maudire. Devant les villes en pleurs et en sang, les femmes n'ont plus qu'à recouvrir leurs miroirs de draps blancs pour pleurer ces monstres qu'elles se sont donnés : la victime et l'assassin sont désormais rendus à la même terre !

* *
*

Sélim nous l'a appris de bonne heure. Il a crispé ses doigts sur la sonnette avec une telle force que notre pauvre chienne s'est mise à hurler à la mort. Quand la porte s'est ouverte, il a traversé le couloir en articulant des mots incompréhensibles :

– *Zolontuyépuicidé...*

Chahine a bondi la première :

– Parle... parle... Dis-nous que ce n'est rien. Dis-nous que c'est une bonne nouvelle...

Et l'autre qui la regarde, et qui lui prend le visage en le secouant fort contre sa poitrine, approchant sa bouche de son oreille comme s'il parlait à une sourde. Il laisse les mots couler comme des pleurs :

– Zô s'est suicidé... Vite, c'est trop tard... ils l'ont tué... Vite, venez... venez...

On arrive tous ensemble au huitième (sans ascenseur). Les gens qu'on croise nous disent que le mort habite au dernier étage ; qu'il s'est jeté de là-haut... Mais on l'a peut-être balancé du troisième... enfin, personne ne sait exactement... L'immeuble appartient à la famille. Ça facilite la répartition des hommes et des femmes dans les différents appartements. Sélim est le seul homme à s'installer chez les femmes. Ces rites lui importent peu. Son frère est mort. Tout est mort avec lui. Il reste là, prostré, sa lèvre lui tombe au-dessus du menton.

– Ne reste pas au milieu, comme ça... Tu gênes les femmes... lui murmure ma tante.

Lui ne bouge pas. Il écoute les rires des enfants. Et la mère qui le supplie d'aller s'asseoir près des hommes, puis qui traverse dans un sens ou dans l'autre ce couloir qui n'en finit plus de s'enfoncer. Mais où est-elle passée, encore, avec sa tension, ses rhumatismes, son diabète, et le cœur ?... Elle va encore se blesser qu'on pourra pas arrêter le sang de couler... Sélim est sûr de la voir s'écrouler... Non, la voilà qui court, une corbeille de mandarines dans les mains, distribuant ses fruits ! Elle s'agenouille devant lui, lui parle comme à un enfant :

– Tu n'as rien mangé... Donne-moi la main... Tiens-moi... je vais tomber... Tu as vu ce que ton frère m'a fait... ?

Il pleure, il pleure comme une fille, et les femmes se mettent toutes à gémir. Une pauvre vieille nargue ou charme la mort ; sa voix éraillée vient d'un coup vif cingler chaque tempe :

– Les islamistes l'ont menacé. L'armée aussi l'a menacé parce qu'il n'était ni d'un camp, ni de l'autre. Il n'a jamais fait son service militaire, jamais prié dans une mosquée. Pour quelle raison l'ont-ils tué ? Si c'est pour quelque chose, je veux savoir, j'accepterai tout. Mais je sais qu'ils tuent pour rien, rien. Mon unique, mon nuage, mon vent, mon musc... mon parfum... Où, dis-le moi, s'il te reste un peu de pitié, où vais-je te retrouver ? Je retournerai ta tombe, je te chercherai dans des voix, tu habites ma chair, le sais-tu ? Si la mort t'a préféré, c'est qu'elle me méprise ! Qu'elle me prenne, je me donne à elle. Qu'elle ne me choisisse pas, je ne vaux plus rien... je ne suis plus rien... ! Mes semblables, soufflez ma lampe, arrachez la mèche, je n'ai plus de force...

Les femmes sont assises autour du défunt qu'elles bercent de poésies amères, puis elles frappent son front de leur bouche. Leurs mains ravagent ce masque troué de deux pauvres yeux, transparents et aveugles. Un gémissement rejoint les autres plaintes :

– Ils sont perdus ; hier, tendres comme de jeunes roseaux, tellement insupportables de vie qu'ils nous faisaient oublier le soleil... J'ai tout fait pour eux, je les ai couverts d'amour pour qu'ils deviennent des anges... à faire envie aux jeunes vierges, plus beaux que des filles. Les dentelles les plus fines n'ajoutaient rien à leur beauté... Quand ils sont devenus des faons, des cerfs, j'ai préparé les savons les plus rares pour parfumer leur peau, et, là, près de toi, ma douce, ma maudite, je lave son corps froid et me couvre la tête de sa chemise... On m'a tout pris... On a cambriolé mon ventre, ma vie...

Les lamentations s'enroulent les unes aux autres. Une femme au corps maigre et sec se tient debout dans l'encadrement de la porte. On croirait que c'est la mort s'adressant à elle-même :

– La mort n'est pas voleuse ; elle vient prendre ce qui est doux, elle n'ira jamais chercher ces chiens galeux qui dévorent nos déchets. Sans richesses, nous avons donné à nos familles le pain le plus chaud. Mon sein a coulé d'un lait blanc, tiède, et j'ai lavé ses joues roses de perles humides. J'ai fait de mes chatons des chevaux courageux et fougueux. Eux, pourris par nos biens, sont demeurés oisillons, frêles, sans beauté, livides ou noirs, ficelant leur poitrine creuse dans des coupons de velours. Non, la mort n'est pas voleuse, elle sauve, elle refuse de leur donner un fils, elle garde le meilleur pour elle.

* *
*

Les événements sont tragiques mais je crois qu'il ne pourra rien nous arriver de pire. La marche des islamistes s'organise, cette fois, de manière plus « officielle », ce qui provoque un réel malaise. L'idée de rejoindre la capitale en toute tranquillité est une folie. J'ai pourtant proposé à Sélim de m'y accompagner. Je ne sais d'où me vient l'envie de prendre Alger en photo : sans doute la certitude que la télévision ne renverra pas d'images et que nous n'aurons, une fois de plus, que de vagues informations sur l'ampleur du mouvement. Ou, plus simplement, me pousse la crainte que tout bascule.

Sélim n'a plus de pellicules pour notre appareil. Je comprends que les marchands ont reçu l'ordre d'épuiser leur stock. Une telle situation me laisse indifférente. Sélim, quant à lui, est au bord de la crise de nerfs :

– Putain de race, on nous a toujours bluffés sur l'histoire et aujourd'hui qu'on a tous ces pouilleux dans les rues, pas moyen de prendre une photo !

C'est à deux heures de l'après-midi que nous avons enfin atteint la pointe du quartier du Golf. Lieu idéal pour embrasser toute la ville. Sélim cherche les meilleurs angles :

– Tiens, je vais prendre ce temple ! On ne construit plus d'écoles. On n'a plus de ciment, plus d'argent, plus rien à bouffer, mais on a toujours du temps pour tout détruire... Allez hop ! Tiens, regarde-moi un peu comment ils s'acharnent ! Mais regarde !

L'inscription : *Santa Maria Ora Pro Nobis* brille dans sa mosaïque de perles bleues. Petits ronds de couleurs marqués du relief des lettres : *Ora* – entier, sur cette arcade suspendue qui s'ouvre sur le ciel comme une bouche sans visage –, *Pro* – enchevêtré dans les profondes fissures de la céramique –, *Nobis* – illustre et sobre. Sur la large façade de l'église, des hommes abattent leur marteau, enfoncent leur piton entre les pierres trop dures et trop vieilles. *Santa Maria Ora Pro Nobis* : vœu sourd au martèlement des pics qui l'arrachent au temps. L'arcade ainsi ébranlée n'est plus qu'une porte béante sur l'oubli et la déchéance.

Il y a des années, de jeunes garçons sont venus dans la nuit, ont ligoté le christ avec des cordes épaisses, puis ils ont tiré, tiré fort, si fort qu'ils l'ont arraché de son socle. Là, ils ont traîné son corps, insensible aux brûlures de la terre, et, pendant des heures, de longues heures, ils se sont demandés comment le précipiter du haut de la colline. Le lendemain, le gardien a cru défaillir. Il n'avait pas remarqué que la statue avait basculé, qu'elle avait quitté son ciel. Les crevasses dans le sol faisaient penser à une résurrection. Les farceurs avaient abandonné le géant par ennui. L'agression n'a guère fait de bruit. Et de petits dépliants rappellent aux visiteurs qu'à cet endroit il y avait un signe.

Cette folie, hélas, n'a jamais cessé. On l'oublie malgré notre première indignation. Comment ai-je pu oublier ces villes ornées de géraniums et de lauriers roses, parfumées de jasmins ? Alger, sous mes yeux, n'est plus qu'un lieu de misère : des grands squares aux entrées d'hôpitaux, la crasse envahit tout. Les grandes places sont données aux fous de Dieu. Les camions transportent, transvasent, transbahutent des hommes qui vont s'abriter sous des paravents de fortune. Le Champ de Manœuvre est mon point de mire. C'est là que viennent s'entasser les récitants en attendant le gros des manifestants. Des femmes voilées de noir guettent ces assemblées depuis leur balcon. Elles attendent patiemment que monte le pourrissement. Je ne peux admettre qu'elles se donnent avec autant d'allégresse au malheur qui les attend, et qu'elles osent nous promettre. Je ne peux croire qu'elles puissent être si fières de leur abnégation, elles qui ont souffert de tant d'interdits. Vers quel autre désespoir se précipitent-elles ? Elles sont de la plus vile espèce. Ce ne sont plus pour moi que d'étranges créatures. Non pas des femmes, mais des sortes d'eunuques.

Les trottoirs sont à nouveau envahis, et des

chapiteaux de misère se multiplient en un cirque infernal. Des camions grouillent de leur cargaison bestiale. Je ne vois plus que des cortèges effrayants d'où montent des incantations. Les voilà qui entonnent, à gorge déployée et brandissant le Coran, les slogans qui excitent les gueux. Révolte de clochards, de pauvres hères qui ne demandaient rien que dormir sans fin. Sans âges. Les eunuques, à leur tour, lancent leurs vibratos. Toute cette journée a frémi de youyous lugubres.

* *
*

Il y a longtemps que les rues se remplissent d'hommes. Qu'elles se vident de leurs femmes. Il y a plus longtemps encore, les rues étaient pleines de ces mignonnes au parfum d'ambre, à la blancheur des fausses soies qui battaient leurs hanches comme un frou-frou de jeune mariée. Leur rire et leur voix aigus comme de fines aiguilles venaient se planter sur les nuques des hommes, et les hommes devenaient fous d'envie de les mordre aux mollets comme des chiens indisciplinés. Ils n'en pouvaient plus d'être jaloux de ces voisines insaisissables qui leur faisaient monter le sang aux oreilles ; qui les rafraîchissaient de leur sourire, de ce beau regard ombré, convoitant la lumière, se découvrant jusqu'à la gorge, sans pudeur, se cuivrant le jour et la nuit, superbement libre au-dessus du voile de blancheur. Une jambe négligemment laissée nue, de la cheville à la cuisse, dissimulant le reste. Discrétion machinale et non pas soumission de ces « sans pareilles ».

Cette journée, où je tente désespérément d'emporter la dernière image d'Alger, me ramène à ces années sacrifiées. L'histoire de ce pays, encore interdite, a rendu tout bonheur impossible. S'il ne reste plus rien de cette mémoire (ne reste-t-il donc plus rien ?), c'est que nous l'avons comblée de fausses confidences. Que disent les ouvrages ? Ce pays, je l'ai perdu il y a longtemps. Je suis d'ailleurs ; étrangère à ce qui ébranle nos villes. Mon histoire a été enfouie : le temps, peu à peu, l'a détruite.

* *
*

Pour quitter sans peine le centre d'Alger, nous rejoignons la corniche. C'est un endroit merveilleux. La mer vient heurter le rocher, laisse rouler sa vague comme un cerceau et, quand elle se fait haute, on croirait un énorme buisson qui se gonfle comme un jupon. Tout me paraît bizarre. La torpeur qui nous accable est insupportable. J'ai l'impression qu'elle donne aux gens comme l'envie d'un grand malheur ; un malheur semblable à celui d'El-Asnam. Pour moi, la réalité du malheur commence à la sortie des mosquées, lorsque cette nuée d'hommes traverse la ville ; lorsque la foule gronde et enflamme la rue. Les murs, alors, se mettent à parler. La brique grattant la brique y inscrit des signes surprenants. Les murs ont des voix fines et cinglantes, et ces voix se referment dans la pierre puis vibrent d'un autre son, et ça me fait rire, ou peur, et des millions d'hommes courent s'enfermer.

Le malheur commence chaque jour (ou à peu près) avec ce mot terrible : Pénurie. Les marcheurs l'emportent de marche en marche, martelant le sol de leurs corps lourds et affamés, et c'est la faim qui hurle, éclate en révoltes, tourbillons d'enfants, courses et blessures. L'huile est rare, le beurre est rance, le miel de sucre, le lait violacé, les farines charançonnées, la viande couverte de mouches. Le peuple n'est qu'un ventre dilaté qui aspire la terre. Ces pénuries volontaires ne profitent à personne. Une foule, un flot de boue, un éboulement déferlent sur nous, déracinent nos jours de ce trop long sommeil.

On a tiré.

Heureusement, l'armée a débarrassé la ville de tous ces excités. Tout est calme, enfin. Même les murs sourient. L'impact des dernières balles a laissé des trous obscurs que des graffitis viennent combler de petites boutades : « Pays perdu cherche président » ; « Jeune homme apatride cherche pays d'accueil ». Les voitures qui glissent sur la chaussée emportent ces annonces curieuses. Rire malgré le choc, commentaires... Nouveaux rires, emportés dans le ronflement du moteur. De son côté, le monstre manœuvre, déroule son vibrant mouvement, pèse lourdement sur le bitume. Les chars viennent de loin, le canon tourné vers les villes. Personne ne voit rien venir mais on avance des dates, des emplacements, des chiffres, des noms... Tout est dit comme une prophétie accablante.

Le ciel aussi reste gris. L'odeur de terre mouillée recouvre celle de la poudre. L'odeur de la terre est piquante. Le sable s'épaissit, se gonfle. La révolte des enfants est une monstruosité : le nombre de morts est accablant. Dans les villes, le calme revient vite. Ce qui est arrivé est arrivé. Les morts sont morts. On s'en lave les mains.

* *
*

Alger, enfin, redevient couleur prune et grenade. Dans la maison, la douceur des basilics et des sirops qu'on cuit annonce ces assemblées secrètes où l'on ne sait jamais qui seront les invités. Alger est calme derrière ses hauts minarets pointés, fusillant le ciel, cherchant à percer le toit de brume. Sous les plus hautes palmes, grimpent de fausses jungles, un plafond renversé au-dessus des cours intérieures, traversées à la hâte par des sylphides ingénues. Un plafond de verdure remue sous les cordons des lampions qu'on installe ; dans les angles, un triangle d'ombre, un autre de lumière abritent de fines ouvrières. De nombreuses mains s'activent, travaillent adroitement, frottant les plateaux blancs, incrustés de motifs rares ; les cuivres ocres comme des pommes de soleil brillent de feu. Les sols baignés d'eau blanche se font miroirs tachetés de jasmins transparents et jaunis. Le long des allées, le jardinier promène son tuyau d'arrosage, guide la pression sous son pouce, éclabousse le massif de fleurs qui ruisselle en ployant. Dans la cuisine faite de mosaïques, les nombreuses cousines fignolent les pâtes fines, peignent de jaune d'œuf le dos des coquillettes farcies de viande, d'amandes et de pruneaux. La cuisinière agite ses doigts mouillés de sucre et de fleurs d'oranger. La musique revigore ces princesses, s'installe dans leur gorge nue, disparaît avec elles dans les étages, revient en petits piaillements essoufflés, naïfs. Les lourdes maïdas[1] sont roulées dans les meilleurs coins d'ombre. Ici, chacun fait de son mieux. Les enfants participent en chœur. Ils sont là pour accueillir les bienfaiteurs, recevant à la volée des paniers de victuailles qu'ils déposent près des fenêtres basses. Les vieilles tantes, dode-

1. Maïdas : tables basses.

linantes, commentent en bougonnant le moindre déplacement. Elles vont, à pas rythmés par le cliquetis des clefs qui pendent à leur ceinture, ouvrir la grande salle. A demi allongées sur des matelas de laine, c'est ici qu'elles guetteront, en vain, l'intrus, sans succomber à la gourmandise, veillant, les yeux fermés, sur des rangées de délices, d'innombrables plateaux recouverts d'un coton blanc. C'est un lieu sans magie, fait de coutume, d'habitudes à peine renouvelées. Cela fait des dizaines et des dizaines d'années que nos demeures bourdonnent comme des ruches. L'organisation est de rigueur. Elle incombe aux hommes qui règlent les pendules. On prie, on mange, on dort suivant un horaire qui ne convient qu'aux humeurs viriles. Les soirées sont claires, même quand les seigneurs sont sombres. Les femmes, parfois, les charment d'un signe discret, plissent leurs yeux noirs, pincent leurs lèvres orangées. Mais, ces temps-ci, les femmes boudent, ou se plaignent de lourdeurs lorsqu'elles s'ennuient.

Et puis voilà qu'il se dit tellement de choses. Ce sont les coursiers qui parlent, qui font entrer des peurs terribles, à couper l'appétit. Il se dit des choses effroyables et, ce matin encore, très tôt, la voisine est venue sonner à la porte. Un de ces coups de sonnette inhabituels qui vous réveillent mal, vous serrent le cœur. Qu'est-ce qu'on dit au marché ?

On dit que la viande sera chère. Les légumes secs manqueront. Les entrepôts volent le petit peuple. Le petit peuple est furieux. Il s'énerve. Le petit peuple a faim et sait ce qu'il va faire. Il se dit, il se dit...

Ce sont des paroles malfaisantes qu'il faut laisser dehors. Derrière la porte. Ceux qui ont faim crèveront. Ceux qui ont tout continueront d'avoir. Cette terre est celle de nos ancêtres. Elle est à nous. On n'a rien pris à personne. Ceux qui se plaignent n'ont qu'à prier pour que Dieu leur pardonne et leur donne courage et patience. Ici, nous avons toujours tout partagé, engraissé nos gens comme des poulets de grain. Ils sont reconnaissants ; seuls les envieux vous veulent du mal. Ce soir, on allumera les bougies dans toutes les pièces et on remerciera nos aïeux. Cheik Maâmar, le seul seigneur qu'on ait craint après le Créateur. Dieu lui a donné tout ensemble la fortune et l'humilité. Quand il rentre de voyage, chaque homme dresse un plateau devant lui, et il a un bienfait pour chacun. Quand il arrive chez lui et ouvre la porte de sa maison, l'abondance coule aussitôt comme une source de miel. Ses terres, hiver comme été, sont arrosées d'une pluie fine ; ses puits remplis d'eau pure et glacée ; ses demeures recouvertes de lumière et d'or ; son lit est parfumé, son burnous est si léger, sur son corps, que la laine frémit comme des centaines de petites ailes de colombe lorsqu'il l'agite. Son four est dans sa maison, la croûte de son pain marquée de son signe. Son fruit est devant sa maison. Quant au sel qu'il a reçu de ses paysans, il le leur a rendu au centuple dans ses plaines. Paix de Dieu, il est notre bienfaiteur. Ce que nous portons à notre bouche, c'est une goutte de sa sueur et de son honnêteté. Nous n'avons rien pris à personne. Ce bien-être, nous le devons à Dieu et à nos vieux. Qu'il pardonne aux autres. Et maintenant, mangeons !

Les cuillères tintent sur les plats qui défilent lentement. On sert, dans un silence lourd, les saladiers odorants. Les hommes sont groupés. Je reste là, pensive. Les autres femmes parlent des jours prochains, des travaux de la maison, de la naissance d'une nièce, de choses et d'autres. Chahine est inquiète ; les autres nerveuses. Mais on préfère attendre dans son cœur, espérer en silence que rien ne soit arrivé.

La porte, derrière la maison, grince sous la poussée du gardien et les phares tracent un large faisceau sur les allées du jardin. Les quatre portes claquent : ils sont de retour. Ce soir, il n'est rien arrivé. Tous les fils sont là. Au complet. Pourquoi devrait-il arriver quelque chose ?

Le grand frère est volubile. Il a fouillé des villages entiers. Il a fini par trouver des sacs de blé et les pièces qui manquaient pour faire repartir les machines. Il est passé à travers de nombreux barrages. Les manœuvres, c'est du sérieux. Demain, il repartira. Il passera par de nouvelles routes. Depuis quelques jours, les contrôles se multiplient. Et les pistes aussi. On arrête n'importe qui, et pour rien. On passe par n'importe où, à travers champs ; on arrive toujours quelque part. Ça provoque de tels retards qu'on ne peut plus faire de projets. Il faut pouvoir avertir tout le monde en même temps, et à l'avance ; compter plusieurs jours pour régler un problème : les ouvriers en profitent. Les autres aussi, on dirait qu'ils attendent le spectacle de l'effondrement. Dieu merci ! Tout tient bon, encore. Pour le moment.

Les premières sirènes ont retenti. Il fait nuit, pourtant. C'est sûrement grave. De jour, on le comprend, il y a tellement de voitures sur les routes, et jusqu'au soir. Mais là, rien ne gêne. Chut ! Pour la première fois j'ai peur. Peur de quoi ?

* *
*

L'armée a pris position dans toutes les villes. Les commerçants ont décidé de se remettre en grève. Les pannes de courant sont si fréquentes qu'on ne peut plus les attribuer à un dérèglement du circuit électrique. Nous stockons des quantités énormes de bougies. Le noir absolu pourrait favoriser les rumeurs les plus folles. Sélim s'installe fréquemment à sa place, au-dessus de la maison. Ça exaspère les hommes du voisinage qui, même en ce moment, prennent ça pour de la provocation. Mes frères sont un peu de cet avis. Ils n'ont pas envie que les choses aillent plus mal. Sélim en profite pour défier tout le monde. Il se met à crier :

– Je veux voir la merde ! Je veux voir la merde...

La pauvre tante est sortie après les autres femmes, elle n'entend pas très bien, alors elle dit :

– Qu'est-ce qu'il dit ? Il veut voir la mer ? Et pourquoi on l'emmène pas. Il va se tuer comme ça !

Elle était prête à pleurer. Sélim a glissé le long du mur, tel un serpent, puis il s'est remis à crier :

– On nous a transformés. Tu vois, *khalti*[1], tu vois, ton feuilleton... tes bêtises sur le Brésil, Santa-Machin, ils ont juré que, bientôt, tu ne les verrais plus. Ils ont décidé de couper toutes les antennes paraboliques. Dans leur tête, on l'a eue gratis, la télé, et ils veulent qu'on nous la coupe ! C'est pornographique et c'est éducatif, la télé française... Tu veux que je leur dise des gros mots ? Tu veux que je leur dise : « Chahine, je

1. Khalti : ma tante ; marque de respect.

vais la caresser toute la nuit, je vais lui faire un enfant, rien que pour moi et pas pour ma mère » ?

Les voisines, il y en avait plein le muret qui lorgnaient et rigolaient de ce qui se passait « chez les Français ». Sélim, qui n'attendait que ça, s'est brusquement tourné vers elles en agitant son sexe. Les femmes hurlaient, horrifiées.

– Tourne-toi, Khalti, tourne-toi s'il te plaît, je vais leur montrer à ces chauves-souris la télévision française !

La pauvre tante riait, tellement elle avait honte. Elle disait à Chahine qu'il allait faire du scandale mais que c'était « bien fait » pour les voisins qui n'avaient qu'à pas regarder.

* *
*

C'est drôle, quand le grand noir s'abat, les chiens aboient tous ensemble. Et plus il fait noir, plus l'écho est profond, plus les chiens s'écoutent aboyer. La peur est partout, maintenant. La rumeur vous laisse interdit. Il s'agit de tueries dans les sous-sols des mosquées. J'ai toujours cru que les mosquées étaient sans fondations. Des tribunaux secrets qui jugent et sanctionnent sans pitié. Des corps ont été retrouvés, jetés par-dessus des ponts ; ils sont tombés, comme des paquets de semoule, sur la plate-forme de camionnettes qui passaient là. Je pense aux Viaducs de la Seine-et-Oise, de Duras. Mais ici, les corps sont entiers. Tout ça, c'est des histoires. Qu'est-ce qu'on dit à Paris ? Rien. Alors ?

Mais la rumeur persiste. Elle sait ce qui est arrivé, ce qui va arriver. C'est pour ça qu'on l'écoute, qu'on l'attend et, si elle ne vient pas, on l'attend encore plus et on l'invente à notre tour. Il suffit d'un rien. Ce qu'il y a dans les journaux : du bla-bla. C'est la rumeur qu'il faut écouter, parce qu'elle sait tout en détail. Elle ne se trompe pas sur les événements. Les événements ont seulement un peu de retard.

Les camions circulent en permanence et, quand ils vont d'un côté, les autres s'en vont de l'autre pour se ranger derrière les voitures, le long des pompes à essence. Il semble pourtant que tout le monde ne le sache pas : des voitures continuent de filer en montant sur les trottoirs tant la route est encombrée. Ceux qui ne peuvent plus avancer sont obligés de faire comme les autres : d'aller à leur tour faire le plein. C'est la pagaille. On est en retard pour le boulot. On est en retard de plusieurs jours. Dans les villages, on dit que c'est dans les villes que ça remue. Dans les villes, on dit que c'est dans les villages. On évite les villes. On évite les villages. On évite les villes et les villages.

La marche des islamistes s'organise depuis plusieurs jours. Les villes étouffent sous la chaleur des prières et des slogans triomphants. Dans toutes les régions du pays, les hommes se mobilisent et chantent la mort qui approche. On s'en moque.

Vendredi. Jour saint. Des rangées d'hommes se forment devant les mosquées. Les salles de prière débordent sur les trottoirs. Les fidèles déroulent de longues nattes de raphia et s'installent ostensiblement sur les rues tapissées. Les femmes, de plus en plus nombreuses, occupent les hautes terrasses. Les gardiens de rues (il y en a, depuis peu) interdisent le passage et obligent, menaçants, au détour. Personne ne proteste. Par respect... par crainte. Quand le muezzin livre son chant au ciel, des centaines d'hommes s'inclinent pour toucher le sol de leur front. Ils se redressent, s'abaissent à nouveau, dans un mouvement régulier, presque beau. Ce sont de majestueux danseurs, semblables à nos oncles des montagnes. D'habiles cavaliers, de fiers seigneurs ; des hommes orgueilleux à la voix éclatante. Devant eux, on tend ses mains, ils abaissent leur front et on pose sa bouche sur un turban orangé. Leur sourire est un trait de lumière qu'ils nous laissent dans les yeux. Quand ils s'attablent, on ouvre les portes de bois qui donnent sur les orangers et les grenadiers. Ils félicitent les vieilles femmes d'avoir donné à la semoule ce brillant si doux qui flatte leur palais, fond sous leur langue, et qu'ils boivent en lourdes cuillerées. Quand ils sirotent le café, ils claquent de la langue et passent sur leurs lèvres le dos de leur main, puis attirent vers eux un plateau avec un seul fruit. C'est l'heure où les enfants s'agglutinent, les yeux écarquillés ; la pointe du couteau frappe d'un coup sec, et le fruit se rompt et fait jaillir son cœur pailleté de graines tendres, cette chair sucrée qui désaltère. Et le plaisir se prolonge lorsqu'on présente à nos seigneurs un enfant qu'ils taquinent de petites morsures, de mots indistincts. Et, quand la maison se tait, ils vont s'asseoir sous les grands arbres.

Les plaines sont asséchées, les figuiers ne craquent plus, les oliviers sont brûlés, les puits comblés de blocs de terre. Nos vieux sont morts, depuis ; remplacés par des silhouettes immobiles, suspendues à l'ombre des toits d'argile, attachées au temps qui les a oubliées. Nos vieux sont enfoncés dans ces lieux irrespirables d'où montent des odeurs d'urine et de charogne. Les ânes lâchent leur crottin devant eux, en passant, et l'ânier crache en donnant le salut. Ils répondent à demi-mot.

Le boulevard de la capitale est traversé par une autre foule. Les démocrates, cette fois, donnent la réplique aux intégristes. Des femmes, des hommes, des enfants, arpentent le centre de la capitale, descendent comme un flot. La foule grossit, dégringole, jette ses chants vers les balcons qui reprennent à leur tour les slogans. Démocratie : ce mot, à chaque fois, est accompagné d'un claquement de mains. C'est un autre peuple qui s'ébranle. Plusieurs générations, plusieurs histoires, plusieurs rêves, plusieurs convictions. Les youyous retentissent dans cette gorge privée de corps. Qui sommes-nous, ici ? Sélim est là. L'ivresse le prend si fort à la gorge qu'il rit. Elle le prend si fort au corps qu'il aimerait courir. Elle le prend si fort aux pieds qu'il ne sait plus s'il marche ou s'il danse. La folie douce, c'est du bonheur ! Sélim pense que ce rassemblement pour la démocratie n'est pas convaincant. Que ça ne suffit pas pour changer les mentalités. Si tout réussit, alors, il y aura été pour quelque chose. Il salue chaque homme, prend ses voisins aux épaules et répète avec eux le mot d'ordre : « Libre ! » « Libre ! » Il murmure : « J'ai toujours eu envie de marcher au milieu de ce boulevard. Que c'est bon ! Que c'est bon ! C'est si bon, tu vois, que j'ai envie de mettre ma main dans la gueule de cet abruti. »

La liberté commence comme une envie de violence. De jeunes loups sont entrés dans ce couloir, qui assaillent les marcheurs de leurs cris : « Armée, Islam, le peuple est avec toi ». « Peuple, arme ton Islam ». Les fauves tourbillonnent entre chaque manifestant, cherchent à rompre la marche, excités par ce refrain : « Tous unis pour toi, démocratie ». Personne, ici, ne craint personne. Frères, tous, contre l'ennemi. L'ennemi qu'on porte sur nos dos, nos ventres, qui nous tance du regard, qui colle son menton contre notre menton, dédaigneux et rageur, couvrant nos visages de sa misère. L'ennemi qui remplit notre vie de mépris, ne tremble devant rien, reste sourd aux appels du sang, renie toute fraternité, répudie toute alliance, nous met hors de nous, hors de l'histoire, nous refuse une existence commune. Ce droit, ce cri, ce non à la vie. Il a choisi la mort. Nous autres, la torpeur dans un sommeil de lâches. Ils ont eu le courage de ce que nous ne pouvions faire : se faire justice à soi-même.

* *
*

Ces derniers temps, Sélim avait la mine soucieuse mais Chahine nous a rassurés. C'est elle qui semble préoccupée. Elle voudrait partir à l'étranger. Mais il paraît qu'à Constantine le consulat de France a fermé ses portes. Les gens dorment sur les trottoirs pour être les premiers à l'ouverture. Les trains, les bus qui montent sur Alger sont bondés. Tout le monde veut fuir. La grille de l'ambassade des États-Unis est noire de monde. Des documents auraient circulé, incitant les jeunes cadres à se faire une meilleure place ailleurs. Mais on n'en a rien à faire de l'Amérique, c'est pas chez nous, c'est le bout du monde, c'est trop loin d'ici ! Le consulat de France ne veut toujours pas ouvrir ses grilles. Une telle obstination ne décourage pas celle des hommes qui continuent d'attendre sous le soleil. On les entend quelquefois se plaindre, maudire, ou affirmer, les yeux à peine sombres, que le consulat et l'État sont de mèche.

– Pourquoi qu'ils nous emmerdent, ces Franchouilles, tonne Sélim. S'il faut payer pour avoir son visa, on paie. Mais faut pas que ça recommence, ces histoires de pas pouvoir quitter le pays si ça va plus mal !

* *
*

De toutes manières, même si ça empire, ça ne peut pas être pire. Plus personne n'a envie de travailler et personne ne travaille plus.

Chahine est enceinte. Elle ne veut pas accoucher ici. Avec ces agitations, les hôpitaux sont débordés. Sélim est noué comme une corde, avec ses rhumatismes, tordu comme un vieux tronc de glycines. Mais lui n'a pas l'intention de s'en aller !

La tension monte dans la maison et j'ai besoin de trouver un peu de tranquillité. Djamila n'est plus là. J'ai appris qu'elle avait quitté le pays quelques jours après son agression. Elle est allée vivre en Allemagne en espérant que tout aille mieux. J'ai envie de faire la même chose. Mais, pour le moment, les situations les plus dramatiques me sont encore supportables. Je m'habitue presque aussi vite que les autres à toutes les incertitudes. Comme les autres, j'apprends à m'enfermer dans un bureau pour n'y rien faire durant des semaines. C'est peut-être ce refus inconscient de m'avouer perdante qui m'a poussée, ce matin, à ouvrir grandes les fenêtres pour que tout le monde voie que, chez nous, il y a des plantes vertes jusqu'au plafond et des tableaux sur les murs. En quelques secondes, j'ai eu de la compagnie. Un jeune homme est venu croiser ses longs bras sur le rebord de la fenêtre. Il a dit bonjour ! Il a souri, et il s'est tu. Il ne pouvait pas rester longtemps ainsi, il a dit :

– Alors tu déménages ?

– Où ?

Il a tourné la tête vers la mer :

– Là-bas.

– C'est où ?

Il a ri, un peu gêné, croyant que je le taquinais. Lui, il avait un peu honte de dire ce qu'il savait. Il a préféré répondre :

– Tu sais bien !

– Et toi, tu y vas ?

– Moi ? Moi... Je suis marqué ! La marque, c'est à vie !

– Tu partirais pourquoi ?

– T'as rien compris ou quoi ?... Ou alors ça t'amuse. Je vais te le dire, à toi, parce que je te trouve bien.

– Alors ?

Il réfléchit :

– Je sais pas... la France... dommage, je suis grillé... même si je suis beau gosse, je parle mal... la Hollande, ça me plairait. J'ai un copain, enfin... un gars que je connais. Il a dit qu'ils étaient naïfs. Ils ne nous connaissent pas encore. Ils vivent à l'air... tu comprends ? Ils ne savent pas ce que c'est qu'une clé. Et toi, pourquoi tu restes ?

– Je suis chez moi.

Le garçon rit en soufflant :

– Moi aussi, je suis chez moi. Je pars parce que je ne veux plus d'eux. Ils ne m'ont rien donné : ni éducation ni travail. Les autres, les fous, là, ils ont raison de faire ce qu'ils font. Ils s'emmerdent, alors c'est comme ça qu'ils s'amusent. Ce que j'aime, dans leur histoire, c'est que les enfants en profitent. C'est eux qu'ils font brailler. Tu as remarqué, il y a plus d'enfants que d'adultes, c'est honteux, tu ne trouves pas ? Mais c'est grave, tu sais, s'il se prennent au sérieux, c'est très grave. Moi, je ne leur laisserai rien. Tu vois, ma jeunesse, je vais la donner à une vieille Européenne.

– Pourquoi pas à une jeune.

– Ou à une jeune ! oui.

– Va te faire réparer les dents, quand tu ris, tu as la même tête que ces diables.

– Ouille ! aïe ! aïe ! Tu es terrible ! Moi... cette tête ! C'est pas gentil ; c'est méchant !

Un autre est passé, a dit bonjour, puis il est parti.

– Tu dis bonjour à ce con ? Excuse-moi !

– Il est correct.

– Il dit bonjour, ici, et à eux, il leur dit que, les gens comme toi, il faut les enfermer, ou les brûler.

– L'autre jour, il m'a apporté du beurre.

– Ah, en plus, c'est un voleur.

– C'est pas un voleur, je lui ai demandé du pain, il m'a apporté du pain et du beurre.

– Il la joue. C'est un con, excuse-moi. Moi, il ne me dit pas bonjour ; encore moins dans ta langue.

– Alors ?...

– Alors, si toi tu restes, moi aussi je reste. Le jour où tu quitteras le quartier, on sera nombreux à partir. On sera toujours là, mais on sera parti là (et il montre sa tête d'un air triste, même s'il essaie une grimace de clown).

– Tu es un peu dingue.

– Non, pas encore. Mais je risque de le devenir. C'est cette pute qui nous rend dingue : l'Algérie, l'Algérie... quand c'est elle, on dit qu'elle est une pute. Quand c'est le pays, on dit que c'est un pédé. Tu veux savoir pourquoi ? En France, on dit qu'on ne prête qu'aux riches, quelque chose comme ça. Ici, on ne vole qu'aux pauvres. C'est tout. Mais dingue, c'est les mères qui rendent dingue. Tiens, les gars du bas, ceux qui habitent près du rocher, ils sont, en gros, une bonne vingtaine. Certains veillent, le lendemain les autres sortent. L'autre jour, l'un d'eux a craqué. C'est sa mère. Elle l'a forcé à se trouver une fille, tu vois pourquoi ? Pour que les gens... enfin, ses copines, plutôt, des sorcières ! ne pensent pas que c'est un pédé. Il savait qu'il ne pouvait pas, il ne voulait pas rendre malheureuse sa femme. Lui, il voulait un truc bien. De l'espace. Y en avait même pas assez pour un chien, dans ce trou à rat. Un chien, tu imagines. Eux, ils sont vingt, comme je te l'ai dit. Eh bien, quand il est tombé amoureux de cette fille et qu'il a voulu vivre avec elle, normalement, dans quelque chose à eux, sa mère a dit qu'il fallait la chasser parce qu'il n'y avait pas de place. Il a attendu, attendu, et après il est devenu dingue. Normal.

– Pourquoi il n'est pas parti ?

– Où ?

– Ailleurs...

Le garçon a l'air surpris. Il secoue la tête comme s'il voulait se rafraîchir.

– Attends, tu dis partir ? Comme ça, normal ?

– Oui.

– Mais le type, il a une mère ! Il va quand même pas laisser sa mère ! Bon, d'accord, elle ne fait pas toujours les choses très très bien, mais c'est sa mère ! C'est ça, la vie. Ta mère, tu la gardes jusqu'au bout. Une mère, y en a qu'une, c'est précieux, tu ne peux pas partir sans ta mère.

– Lui, il est devenu fou.

– Oui, c'est malheureux, mais c'est moins grave que de quitter sa mère. Sa tête, ça va revenir, un jour. Maintenant, la pauvre mère, elle pleure. Elle souffre.

Un bruit dans les escalier. Un autre garçon surgit et traverse la rue en claudiquant. L'autre se penche, ramasse un caillou et le jette dans sa direction. Ils éclatent tous les deux d'un rire franc.

– Tu vois cet imbécile, il était à Marseille. Bien, très bien. Va comprendre pourquoi il est revenu dans ce pays de misère ! (Et s'adressant au nouveau venu) : Hein, dis, pourquoi tu es parti si c'est pour revenir ?

– C'est quand je reviens que je regrette. Pourtant, là-bas, c'est comme ici. A Marseille, on ne dit pas qu'on descend dans tel ou tel quartier. On dit : « On va à Alger », et c'est vrai, c'est Alger ; pareil. Les gens, les magasins avec leurs enseignes en arabe, tu peux pas croire que tu as pris un avion pour aller si près.

– Tu vois, c'est un imbécile véritable, je ne l'insulte pas : il le sait. Il part et il revient. Moi, le jour où je partirai, je me tuerai plutôt que de revenir.

Ils éclatent encore de rire en se frappant sur l'épaule, s'excusent de faire tant de bruit. Mais ils disent que c'est vrai. Et ils s'en vont.

* *
*

Cette soirée va être longue ; il fait si chaud que les ouvriers arrivent en retard. Ils sont là pour remettre en état les plafonds délabrés d'un ancien atelier de couture. Je les regarde fignoler leur plâtre. Je ne sais pourquoi, ils me font penser à des insectes adroits, fixant sur le bois les extrémités de leur corps. Un grand fracas se fait entendre. Un des hommes a bondi hors de la pièce, il est déjà dehors à crier des choses incohérentes. Des centaines de gens sont dans la rue. Les femmes hésitent toujours à descendre sans leur voile et leur or, mais elles finissent par rejoindre les autres en criant. Heureusement, il y en a toujours un pour les calmer en les insultant.

Une voiture s'est arrêtée, un homme est descendu et on lui a dit que c'était un tremblement de terre. Alors le conducteur est sorti à son tour et a raconté comment il avait eu peur que son moteur le lâche. Heureusement, ce n'était pas la mécanique ! On a tous attendu, dehors, qu'arrive la seconde secousse. Mais ça a duré longtemps, alors on est rentré, tout doucement. L'homme n'avait pas quitté la pièce où il continuait à coller de minuscules bouts de bois. Il a expliqué qu'il avait cru que c'était la voisine du haut qui déplaçait un meuble ; et quand il a compris que c'était un tremblement de terre, il n'a pas eu besoin de sortir. Il a dit :

– Avec toutes les merdes qui nous tombent sur la tête, si l'immeuble entier s'écroulait sur nous, ça n'en ferait qu'une de plus. Et ce ne serait certainement pas la dernière.

* *
*

La salle des fêtes reste assombrie malgré les premières heures du jour. Étrange bâtiment, au centre du quartier, loin du tintamarre de la grande artère. Quelques jeunes gens, assis sur des marches d'escalier, s'épanchaient dans de longues conversations, intarissables, pleines d'ennui. Comme ils ne se décidaient pas à rentrer chez eux, un homme, d'une terrasse, les a traités de paresseux, de race maudite et, comme ses insultes les faisaient rire, il les a traités de morts vivants. Alors les autres ont répondu : « Nous faisons pousser des cadavres à ta santé. » Puis ils ont pissé dans des bouteilles de bières et les ont jetées contre les murs.

Au matin, les volets s'ouvrent sur des bacs de terre sèche, remplis de débris de verre, et ça fait parfois des fleurs de toutes les couleurs d'où s'échappe un parfum nauséabond. C'est cette odeur qui fait cracher les passants, comme si, de l'avoir respirée, elle leur restait dans le corps. Alors ils crachent leur dégoût. Ils crachent pour tout. L'air est chargé d'odeurs qu'on ne peut sentir sans avoir envie de cracher. Des odeurs qui montent de tous côtés, d'ailleurs, des sacs d'ordures déchiquetés par les chats, des légumes pourris sous la chaleur, abandonnés par les paysans, les jours de marché. Tous les jours sont jours de marché et les ordures ne disparaissent plus. Elles s'accumulent, semaine après semaine. Les éboueurs sont là, très tôt ; ils poussent leur carriole devant eux et traînent dans leur rêverie un long manche de fer ou de bois où sont liées des tiges de paille qu'on prendrait, de loin, pour une tête échevelée. Ils se penchent à peine, ramassent adroitement quelques détritus, puis abandonnent le reste avec indifférence. Ils sont là pour récupérer les déchets de la ville, et non les déchets domestiques. Un camion viendra, qui s'occupera du reste. Eux, ils font leur travail, consciencieusement. Chacun son métier : les carrioleurs, les camionneurs. C'est ce que leur a dit le chef. Et c'est ce que le président de l'assemblée populaire communale avait dit au chef.

* *
*

Les agressions contre les femmes se multiplient. La police n'y peut rien. Elle même a du mal à se protéger. Il me faut être prudente. Apprendre à regarder ce peuple avec, à chaque fois, l'idée qu'un rien pourrait le dresser contre une foule ou un seul homme. Ce n'est pas dirigé contre les bourgeois de certaines régions, ni même contre les familles qui gouvernent le pays. Chaque individu devient victime potentielle, ou criminel en puissance. C'est cette situation qui creuse le fossé entre nous tous. Cette aberration nous isole et nous rend plus fragiles. Au point que nous soupçonnons chacun des pires intentions. La rumeur accentue cette paranoïa. On a dit que les maisons inoccupées seraient envahies par les nécessiteux. Ce n'est plus à l'État de régler ses problèmes, c'est aux autres de partager. Aux riches qui n'ont jamais su être honnêtes et qui ont réduit les travailleurs à l'état d'esclavage, qui ont pillé le pays pour l'offrir à leurs rejetons. Ces discours, tenus dans les mosquées intégristes, reçoivent l'adhésion de tous les fidèles. Il n'est pas de jour qui ne nous réserve de telles folies. Pourtant, il nous faut faire semblant d'y croire. C'est ainsi que, depuis près d'une semaine, nous nous organisons, à tour de rôle, pour ouvrir nos appartements ou les bureaux qui, jusqu'alors, n'étaient que rarement occupés.

C'est ici, dans une de ces anciennes maisons, que je suis venue à mon tour tromper l'agresseur. Je n'ai trouvé de repos que dans les images du passé que m'offrait le jardin sauvage. J'ai « donné à boire à la terre », comme on aimait dire dans nos familles, espérant, un peu comme dans les contes, que cette eau ferait disparaître ces années maudites. Pour que dure en moi ce voyage d'enfance. Seuls, les fleurs et les palmiers ont pu résister à nos absences.

Cette cour est abandonnée depuis plusieurs années. On l'ouvre seulement pour vérifier si le voisin n'a pas élevé de mur qui cacherait la lumière. Quand Lilia vient, elle met de l'eau partout, renverse des litres de détergent, et tout est si propre, si clair ! Ces détergents au parfum de lavande ou de citron, on en déverse des litres et des litres pour pouvoir reprocher au voisin de ne pas en faire autant. Lui, dans ces champs bordés de citronniers et de lavande, préfère bâtir des tours infernales dans lesquelles viennent s'agglutiner des enfants, et des enfants, et des enfants !

La sonnette a retenti. Une petite fille ronde et vive comme une frisette a tendu son assiette avec un pain brun. Elle a dit que Lilia pourrait revenir si les femmes la laissaient tranquille. La petite fille a moins de quatre ans. J'ai passé quelques heures avec elle avant de me décider à la ramener. Dans le couloir de cette ancienne ferme – un couloir ou un passage ? –, il y avait un attroupement de femmes hystériques. Lilia parlait avec colère. Elle proférait des menaces sur un ton solennel :

– Vos humiliations ne nous tueront pas ! Quand je serai avocate, aussi nombreuses que vous l'êtes, toutes, écoutez-moi bien, je vous traînerai dans la boue, je vous ferai payer l'enfer que vous nous faites vivre !

Certaines femmes s'étaient réfugiées derrière le rideau qui leur servait de porte. Mais Lilia continuait :

– J'étudierai moi, oui, j'étudierai juste pour me venger.

Excédée et voulant sans doute cacher sa terreur, l'une d'elles a répliqué :

– Étudie, étudie, bourrique ; avant de te prendre pour une avocate ! Dieu, ici, nous a toutes jugées. C'est pas ton tribunal de merde qui nous effraie ! Demande d'abord à ta mère de respecter les limites que nous avons fixées, et qu'elle ne pose plus ses paniers de linge sale ailleurs que devant chez elle.

Où sont-elles, ces limites ? Quatre mètres de long pour rejoindre une autre rue, le bord d'une marche de brique, c'est le seuil d'une maison. Seule surface partagée entre plusieurs familles. N'est-ce donc pas plus simple, pour elles, de se présenter devant les grilles de la mairie. Les responsables savent-ils que vous êtes toutes, ici, grouillant comme des rats dans un égout ?

Dans le coin où elle avait été battue, la malheureuse femme délirait :

– Comment, Dieu, en voudrais-je à tes créatures puisque ces monstres tu les as faits pour moi, pour qu'ils me rongent à petits coups de dents, me déchirent la peau pour la pourrir de haine, pour la couvrir de honte et détruire mes enfants ! Ces enfants, regarde comme ils sont beaux. Est-ce que tu crois que je les ai voulus ? Je les aurais étouffés, tous, si ça n'avait pas été la crainte de te mettre en colère. Mais tu m'as donné la vie, et c'est ce vieillard qui en abuse. Il a bu mon sang, il a mangé mon foie, il a pourri le lait dans mon sein ! Je résiste pour ces pauvres innocents, et c'est une misérable qu'ils ont, là, devant eux ! Je ne peux pas me défendre contre les coups, je ne mérite pas cette souffrance, non, je ne peux plus supporter cette souffrance.

Lilia s'est retournée. Elle a remarqué que quelqu'un avait fait s'enfuir derrière leur rideau toutes ces louves enragées.

– Emmène-nous, toi, puisque tu as tout vu. Ils veulent nous chasser, nous voir traîner dans les rues comme des mendiants. Emmène-nous, ils vont nous tuer, ils nous ont massacrés.

Je serrais ce petit corps rond qui s'était précipité dans mes bras, s'enfonçait dans ma poitrine, me prenait les épaules comme un enfant qui a peur de tomber. Je ne l'avais jamais serré de si près, jamais mes mains n'avaient caressé cette petite tête brune qui se cachait là, tout contre moi, comme un oiseau malade... une hirondelle qui cherche à arracher de son cou blessé, de ses ailes blessées, de sa patte blessée, ce fil qui l'attache, la retient, la déchire.

Petite sœur, petite prune, tu n'as rien à craindre. Reste collée contre moi et pleure, pleure sur mes joues. Demain, nous irons ensemble à la mairie. Je suis capable de faire ça, même si je ne connais personne. Et je saurais quoi leur dire. Ils t'aideront, tu verras. Petite prune, petit cœur de noix, je suis là... je n'ai jamais vu ça... Je ne savais pas.

* *
*

Derrière son guichet, l'employée s'est mise à chercher dans de vieux registres à la couverture verte et lisse. Une belle écriture, des codes intraduisibles pour qui les lisait de l'autre côté du guichet. C'était rare de voir quelqu'un faire des recherches sur des gens, sans avoir avec eux la moindre parenté : « Rien sous ce nom-là... »

Je crus bon de dire, très poliment, en m'approchant de l'hygiaphone, qu'on avait sans doute mal prononcé le nom. Alors la guichetière a pesté :

– Dites-le correctement sinon on n'y arrivera jamais.

Et elle s'est mise à tourner fébrilement les pages, tout agitée d'avoir enfin trouvé prétexte à tout interrompre. Brusquement, elle a refermé le registre et refusé d'aller plus loin. Ses yeux noirs, enfoncés dans son mince visage, semblaient bizarrement « pointus » tant ils étaient durs et perçants.

– C'est pas normal de faire des démarches pour des gens qui n'ont pas de lien de parenté avec vous. C'est pas normal. C'est louche. Si quelqu'un doit demander quelque chose, il a qu'à se déplacer. Logique.

– Ces gens sont pauvres. Tellement pauvres qu'ils sont fous, insistai-je honteusement.

– Il y en a des tonnes comme ça, de tellement pauvres qu'ils sont comme fous. On fait ce qu'on peut. Allez voir ma voisine.

D'étages en étages, les escaliers se remplissaient de gens si pauvres qu'on n'avait plus l'impression d'être dans une mairie mais dans un asile, avec des fous à tous les étages. Aux fenêtres, les rideaux flottaient à peine sous le léger courant d'air qui s'infiltrait par un trou du mur.

Il a dit :

– Je vous écoute.

Des détails. Il y en avait pour des heures et des heures. Des bureaux à côté, venait un brouhaha assourdissant. Des voix aiguës traversaient les cloisons, puis s'éteignaient, laissant à peine percevoir le cliquetis des machines à écrire. Tout grinçait à nouveau. L'homme a écouté, imperturbable, puis :

– Je n'ai aucun pouvoir. Je ne suis pas le maire. Je suis l'intérimaire.

– Et le vrai, il sera là quand ?

– On ne sait pas.

– On dit qu'il s'est enfui.

– On n'en sait rien, mais c'est ce qu'on dit.

– Mais on ne va pas attendre qu'il revienne puisqu'il s'est enfui. Et vous, vous êtes là. Je vous répète que ces gens vont mourir.

– Je sais, mais on ne peut rien faire.

– Mais si, on peut tout faire. Les lots de terrains qu'on appelle aujourd'hui le quartier des Quarante Voleurs, c'était les leurs, on ne peut pas les leur prendre et les laisser comme ça !

– Vous vous intéressez à cette fille parce que vous la connaissez, mais il y a des populations entières qui vivent comme elle. C'est impossible à gérer.

Et il s'est mis à décrire des familles étonnantes. Des détails. Il y en avait pour des heures et des heures. L'horreur devenait accablante.

– Monsieur, puisque vous êtes là pour ne rien faire, et que Dieu s'éveille, depuis quelque temps, en chacun de vous, trouvez une niche pour ces gens. Une niche, vous entendez, et vous aurez sauvé une famille !

Il me semblait que ces mots m'avaient quittée pour se fixer au plafond, suspendus dans l'air, fondus dans l'atmosphère maussade du lieu. L'homme était impassible. A peine surpris, un automate de chair, un bloc de vide. Il a dit :

– Je ne serre pas la main aux femmes. Pardonnez-moi.

* *
*

En ce moment, une femme seule faisant son marché serait très mal vue. A moins d'être vêtue du hidjab. Certaines femmes s'y sont résignées, d'autres en ont fait une mode, d'autres l'acceptent pour la commodité : inutile, désormais, de donner plus de soin à sa toilette ! Une longue tunique, c'est l'idéal. C'est le monde à l'envers. Les femmes en hidjab sont dans les rues, les autres, habillées à l'européenne, restent enfermées chez elle. Sélim m'accompagne dans toutes les sorties que je ne m'autorise qu'avec contrainte.

Derrière le kiosque à journaux, le marchand de primeurs a entassé ses cageots. On peut s'y adosser pour lire les gros titres. Sélim, la mine réjouie, se dirige vers cet amas curieux. Il se plante au milieu du petit groupe de jeunes errants qu'on nomme les « hitistes [1] ». Il pique à vif les nerfs de ces inconnus qu'il prétend avoir pour frères :

– Moi, je les connais tous ! Je te connais... Ho ! Tu as pas d'oreilles ? Tu réponds pas ! Hé... Hé, mon frère...

Il les hèle, attisant les premiers échanges, lançant quelques mots, de-ci, de-là, à qui veut bien les saisir. Il n'a jamais aimé les randonnées interminables de cette jeunesse « désorientée » ; il préfère l'attitude qu'il se donne, ces derniers temps, adossé aux cageots, le regard perdu dans la foule qui sort des mosquées ou prend d'assaut les bus bondés.

– Deux cohues de bétail, deux ! Regarde un peu ce cinéma ! Ce sont des rats, des bœufs costumés ! Une kermesse, mon ami ! Béni soit le diable qui nous a privés de culture... Nulle part ailleurs on ne peut voir ça. Ce ne sont pas des humains, mais des phénomènes !

1. Nom donné aux jeunes désœuvrés qui passent leurs journées adossés aux murs. (Littéralement : qui tiennent les murs.)

Le petit, derrière son comptoir à journaux, le surveille du coin de l'œil :

– Moi, je ne fais pas de politique. Tu n'as qu'à acheter un journal si ça te dit.

Sélim aurait pu s'en amuser. Mais le voilà qui scrute son homme, épervier devant sa proie, prêt à s'élancer pour planter ses ergots ; prêt à saisir ce visage...

– Est-ce que tu sais ce que c'est, un synonyme ?

L'autre range méticuleusement ses petites boîtes de plastiques, calant bien ses allumettes, ses bonbons, son tabac à chique...

– Est-ce que tu sais ce que c'est, un synonyme ?

Les mots s'échappent de son bec durci, il gonfle la poitrine, la respiration sifflante, écoutant venir les sons comme de petits cris rauques avant l'attaque. Le garçon tend un journal, saisit l'argent au vol, rend la monnaie au vol ; essuie de la paume la poussière de son comptoir, tourne dans sa boîte comme une girouette folle.

– Si c'est pas que je respecte tes cheveux blancs, je...

– Mes cheveux blancs, tu les respectes, malheureux ? Où tu as appris ces histoires ? Pourquoi ça bouge dans tout le pays à ton avis ? Tu n'as pas compris que c'est cette race aux cheveux blancs qui t'a poussé à faire le singe dans ta cage ? Avec moi, mon petit, toute ta race de famille elle aurait passé le reste de son temps au fond d'une cellule à prendre de l'éducation. Tu respectes mes cheveux blancs ! Ah oui ! Mal élevé va !

La rue brûle sous le soleil. Le marchand de glaces distribue ses pots aux autres commerçants assis sur les marches de leur boutique d'où ils sifflent les filles. Et les filles font la grimace. Elles marchent la bouche pincée, le regard de biais. Elles ne sourient que lorsqu'elles n'en peuvent plus de serrer les fesses, de faire de petits pas, petits sauts de grenouille. Alors elles s'arrêtent, font mine de chercher quelque chose au fond de leur sac ; rien ? Comme c'est bizarre ! Et elles reprennent leur route, l'air grave, et reçoivent en pleine poitrine les coquettes remarques des jeunes garçons qui les suivent du regard. Les filles font encore la grimace et jettent à leur tour des reparties malignes que les garçons se répètent dans une cascade de rires. De petits groupes se forment. Sélim s'empresse de les rejoindre. Serrés les uns aux autres, les garçons poussent de brefs aboiements chaque fois que passe une dame un peu fière. De véritables conversations se nouent entre les trottoirs, chacun se sentant bien sur sa rive. Et les voitures emportent dans les hoquets de leur moteur un bout de phrase qu'on ne cherche même pas à se redire. On parle pour parler. Pour le plaisir de parler. Pour rien. Chaque mouvement devient l'objet de commentaires et, lorsque le marchand de plage est sorti en portant, au bout d'une barre de fer, des bermudas pour les suspendre, les voix ont fusé en railleries perçantes.

– Cache, cache. Tu provoques, ma parole ! On n'aurait jamais cru ça de toi. Qu'est-ce que tu ne ferais pas, pour le fric, misérable !

– Quoi, quoi, ils ne sont pas beaux ?

– Ah, en ce moment ils sont plus beaux que ceux de Paco Rabanne !

– Célio, Célio !

– Célio, oui, aïe, l'Italie... l'Italie !

– Tu vends ça combien ?

– Pas cher, pas cher !

– Eh, si c'est de ta peau que tu parles, tu n'auras pas de regret à te la faire acheter !

– Je fais mon travail. C'est pas écrit dans le Coran que la vente des bermudas est interdite !

– Le Coran ? Qui te parle de ça ? C'est eux, les frérots, qui ont annoncé que ça allait être notre fête ! Ils ne s'en prennent plus seulement aux filles, maintenant ! Depuis hier, ils nous mettent avec elles dans le même sac !

– Moi, je ne peux pas me payer un bermuda comme ceux-là ; d'ailleurs je n'en ai jamais porté, je n'aime pas, et je n'ai qu'un froc ; mais rien que pour les mettre en boule, je vais le couper. Ce sera Paco tout court !

– Célio, Célio... moi je ne connais pas Paco !

– Paco Ramdane ! C'est mieux !

– Aïe, l'Italie... Aïe, Marseille... ! gémissent-ils, tambourinant sur le dos de ce drôle de marchand.

Combien de pays dans ce pays ? Combien de peuples aussi ?

Le spectacle est dans la rue. Les bouchons sont sérieux. Il se passe quelque chose d'important. Un énorme camion obstrue l'entrée de la voie principale. Les badauds ont quitté les terrasses de cafés pour s'installer sur les balustrades. Les voitures ne passent plus. Quelque chose de très sérieux se déroule en plein centre. Dix hommes en djellabas blanches portent sous leur bras un énorme tuyau noir et nettoient à grands jets le boulevard principal. Ils suent, s'essoufflent mais œuvrent avec précision. Les spectateurs les encouragent quelquefois d'un signe. D'autres leur lancent qu'ils ont beaucoup à faire. La scène se prolonge, interminable, lente ; lente puisqu'elle va au rythme des hommes. Un lourd camion les suit, quasiment au pas, semblant glisser au milieu de la rue. Excédé, Sélim pousse sa harangue :

– Anes bâtés ! C'est pas ici qu'il faut nettoyer la merde, c'est derrière les immeubles. Pas au centre, où tout le monde peut vous voir !

Un homme court vers nous, affolé. Il nous

explique que tout sent mauvais, ces derniers temps, et qu'il faut encourager toutes les initiatives.

– Qu'ils commencent par dégager le centre, ça sentira moins mauvais, peste Sélim, ce sont eux les pollueurs, les faiseurs de merde. Paresseux finis, simulateurs, regarde-moi ces gueules, race maudite ! Qu'ils aillent se laver au lieu de nous empêcher de circuler ! Il n'y a que de la frime, dans leurs conneries !

Puis, cherchant un meilleur soutien :

– Y a pas un commissaire, par ici ?

Ce fut l'affaire d'une journée, mais des actions d'aide aux démunis se multiplièrent. De nouveaux, les islamistes paralysaient des secteurs entiers par souci de faire du propre. Ces intentions considérées comme bonnes, gratuites, souvent efficaces bien que momentanées, devaient entraîner l'adhésion des foules. Un véritable mouvement d'entraide s'opérait dans les quartiers pauvres, jusqu'aux hôpitaux. Partout on le vantait. Il était promis et attendu. Les « fisistes » savaient exploiter le désespoir de ceux qui couraient à eux. La reconnaissance vient souvent du ventre. La période du jeûne allait favoriser ces bienfaiteurs, bénis de tous, même des rangs opposés, de ceux qui ne voyaient là qu'agitation provisoire. On saluait le courage des barbus, on appréciait l'idée généreuse. Des paniers garnis de bouillon bien chaud, de salade et de fruits étaient distribués aux plus démunis, aux sans-famille, aux oubliés de l'Histoire. Et ça mettait tant de joie dans les cœurs des pauvres gens ! Les bénédictions allaient bon train, et les encouragements étaient, pour certains, annonciateurs d'un monde nouveau. Ces agiles colporteurs furetaient de-ci, de-là ; ils enseignaient les règles d'une vie nouvelle. Le pays sombrait dans un chaos profond. Une pensée nouvelle poussait ses racines.

Il faudrait des jours et des jours pour éponger toute cette misère : les mairies étaient envahies d'une foule qui croyait qu'en un jour une maison, un emploi, une pension, leur tomberaient du ciel. Les responsables devaient se reprocher tant de fausses promesses... Désespéraient-ils eux-mêmes d'obtenir tous ces suffrages ?

L'incompétence des nouveaux élus était flagrante. Il ne restait qu'à en attribuer la faute aux anciens du FLN en prétextant qu'on leur avaient cédé un coffre vide. Les affamés devenaient plus exigeants : « On a trop attendu », éructait chaque bouche, et la masse mobilisée attendait de vraies actions, moins de paroles. On l'avait obligée à croire que tout était possible. Elle y avait cru, elle était décidée à continuer d'y croire, coûte que coûte, et avec quelque prophète que ce soit. Et ces cohortes se vouaient à ce saint, programmant avec soin son prochain déclin. Dieu était-Il sournois ? Cherchait-Il Lui aussi à imposer de nouvelles épreuves ? De quel côté S'était-Il rangé ? Ce tourment laissait un peu de place à l'ironie :

– Il s'est sauvé d'ici, Lui-même ne peut rien devant un peuple comme le nôtre !

* *
*

Le beau temps, c'est ce qui nous reste.

Il fait beau partout. Le soleil, c'est le seul plaisir qui ne nous ait pas quittés. On a tout perdu, sauf cet œil aveugle qui tape n'importe où.

Tout autour de ce paysage, les baraquements se chevauchent. Et les taudis sont parsemés dans la plaine. Devant moi, un groupe de femmes s'acharne à redresser un tas de ferraille, sans doute pour y abriter des marmots à moitié nus. L'une d'elle me lance, hautaine :

– Le soleil, qui vous fait tant de bien, nous griffe. Il laisse sur notre peau des traces rouges. Cette boule de feu est là pour nous griller, nous brûler. Il n'y a plus d'eau dans nos maisons. Nos casseroles servent de réservoirs, nos bidons, nos baignoires aussi. Il faut manger d'abord. C'est aussi pour ça qu'on nous trouve sales. Dehors, le soleil scintille de joie : normal qu'on ne le voie pas, il a passé dans la robinetterie, il a brûlé le fer. On ne veut pas y faire attention. Ce n'est pas le désert mais c'est l'enfer. Tout a changé pour nous. Avant, il neigeait. C'est drôle comme le climat change. Maintenant, quand il pleut, c'est le déluge, et les inondations emportent tout avec elles. Elles nous laissent le froid pour nous transpercer comme un courant électrique. Le froid, c'est la décharge qui secoue nos maigres os. Tiens, hier, les petites se sont mises à pleurer parce qu'elles avaient froid. Je n'avais pas envie de me lever. Pourtant, je rêvais que je me levais, que je soulevais mes trois poupées de dessous les draps mouillés. Lorsque le muezzin a poussé son appel, j'ai bondi, arraché le chiffon qui les couvrait : les pauvres, elles s'étaient collées toutes les trois, trois petites pinces à linge dégoulinant d'eau. Depuis quatre heures du matin, on se bat pour réparer la tôle et on a juré qu'on irait se plaindre. Si on n'a pas de maison, c'est grave, mais si on n'a pas de maison, pas de couvertures, pas de chauffage, rien de tout ce qu'il faut pour empêcher la pluie d'entrer partout, alors on n'en peut plus.

– Mais pourquoi tu es venue là ?

– C'est mon frère... Il n'avait pas de travail.

– Et maintenant ?

– C'est pareil. Moi j'en ai, et ça va mieux.

– Tu travailles où ?

– A la cantine. J'ai demandé la cantine parce

que j'aime bien voir arriver les camionnettes chargées. J'ai pas peur de travailler. Quand j'ouvre les sacs, il y en a tellement que je peux en mettre de côté pour la maison. On n'a jamais manqué de rien. Les fruits, on en a à chaque saison. Il y a des riches qui n'y touchent même pas, tellement c'est cher. Moi, j'ai la santé quand je travaille. Mais j'ai peur qu'ils partent, ce sont des étrangers, des Espagnols, je crois. Ils disent que je ressemble à une Espagnole. Tu trouves ?

– Tu vas aller te plaindre ?

– Je les laisse à Dieu. Si j'y vais, ils vont m'envoyer un camion militaire et là, le grand voyage !

– Où ?

– Où ? On n'en sait rien, mais on sait ce que c'est !

– Tu es mieux, ici ?

– On supporte. La ville, les gens, ça nous sert à rien, mais il y a de la vie, dans notre petite mort. On supporte.

– Et si c'était mieux, là-bas ?

– Des cités ? Pourquoi aller à des milliers de kilomètres d'ici ? Moi je me suis habituée, ici. Ils m'emmènent, comme ça, pour me jeter dans la nature ? Je ne suis pas une épidémie ! On est venu seul, par ici, pour survivre. Le jour où ils s'en iront là-bas, je les suivrai, moi aussi. Mais un appartement sans lumière, sans eau, sans ville autour... Qu'est-ce que c'est, à ton avis ? Une tombe ! Ce n'est pas des cités d'urgence qu'ils ont construites pour nous, c'est des cimetières. Ils nous abandonnent dans des tombes, ces fils du péché ! Ce bidonville, c'est le mien. Je l'ai monté sur ma terre, celle de mes parents qui y ont mêlé leur sang pour l'enlever aux loups, et qui l'ont laissée à la vermine. Ah, la vermine, c'est pire que tout ! Ça pourrit tout ! Les loups, on en a peur, mais c'est dans la gueule des loups que je mange mon pain. Et cette vermine voudrait me bouffer ? Mais tant que je reste muette, ils ne me disent rien. Ils ont peut-être honte. Des gens comme moi, on sait d'où ça vient ; ça vient d'autrefois, quand on avait des hommes plein la maison. Ce n'est pas la France qui nous les a pris. C'est eux. Aujourd'hui, je devrais vivre dans un palais, s'ils respectaient seulement leur histoire. Les juifs, ils parlent des juifs ? Ils ne valent pas leur merde. Que Dieu me pardonne ! Mais les meilleurs sont morts. Ceux qui restent, ils les ont déshonorés. Regarde les médecins. Ils ne te font pas pitié ? Mes filles, il n'y a que les médecins qui les prennent entre leur mains, qui leur sourient. Il n'y a qu'eux qui me disent des choses méchantes que j'aime entendre. Ils disent que je ne sais pas m'occuper d'elles, et ils m'engueulent. Moi je baisse les yeux, je ne peux pas les regarder en face ; devant eux j'ai honte, j'ai honte de leur faire honte. Ce sont les seuls qu'on prend quelquefois pour nos frères. Et j'ai honte d'être une sœur en haillons. C'est vrai, des fois on se trompe. On ne les respecte pas, on les aime. Un jour, je me suis planté un clou rouillé dans le pied et le patron a dit qu'il fallait m'emmener d'urgence à l'hôpital. Ça nous a fait rire. Il a parlé du tétanos. On lui a répondu que notre sang pouvait tuer le tétanos, et ma copine a renversé une bouteille de vinaigre sur la blessure. Le pauvre étranger, il avait peur que quelque chose de grave lui arrive. Alors on lui a expliqué qu'à l'hôpital on risquait d'attraper pire que le tétanos. Tu as vu ce qu'ils ont fait des hôpitaux ? Des bidonvilles aussi. Ils ont mis les seuls hommes qu'il nous restait dans des bidonvilles. Exprès pour leur faire porter leur crime. Une semaine après, j'avais mal au pied et le patron s'est énervé. Alors, on est allé à l'hôpital. Il y avait de quoi rire. Pas de radio. La machine en panne. Pas de seringues, pas de médicaments. Le médecin était désespéré. Il a demandé si l'autre pouvait commander tout ça chez lui. Un autre toubib est venu le voir, il cherchait du fil pour une grosse opération. Il n'en trouvait pas. Tu te rends compte, ils n'avaient pas de fil. Un homme les a vus si catastrophés qu'il a dit au médecin : « Laisse-le crever, tu lui rendras service. » Pourquoi il n'y a pas de fil ? Il avait raison, non ?

Au fond à quoi ça sert qu'il y ait des ambulances ?

* *
*

Boucebci est mort ! Assassiné ! Poignardé...

– Quoi, il a été assassiné ?

– Tu te rends compte ! Boucebci !

– Oui, tu te rends compte. Lui ! C'est dingue !

– Oui, tu peux le dire !

– Mais qu'est-ce qu'il a fait, ce pauvre diable, à part nettoyer le pays de ses dingues, sacrifier sa vie à ce peuple de fous qui l'assassine aujourd'hui ! Avec lui, il n'y avait pas de différence : un fou riche ou un fou pauvre, c'est pareil. Même soin, même respect. Pas de piston dans son rayon ; la folie, c'est digne, c'est propre, c'est la merde propre de la nation. Alors pourquoi, putain, pourquoi tuer un homme comme lui ? C'est de la folie.

– Ce n'est pas de la folie, c'est un trou dans la tête de chacun de nous ! On a tous une balle dans le dos, ça va pourrir !

* *
*

Boucebci est mort. La nouvelle fait frémir d'horreur. Il a été tué parce qu'il faisait partie du comité de vérité, qui espère que l'enquête sur l'assassinat du président Boudiaf ne sera pas classée. Comme si on pouvait encore douter que les coupables soient ses proches collaborateurs ! Les assassins de Boudiaf ! Ah ! Laisse-moi rire ; on est tous ses assassins. Ceux qu'on critiquait sont toujours là : ça travaille, ça bouffe, ça vit normalement ! On peut toujours se réunir dans le grand salon pour commenter, avec nos mines défaites, l'effroyable nouvelle. Ah, pour ça, on est fort ! Chacun a retrouvé sa voix bien ronde, celle qu'il sait prendre quand les choses vont mal. Parce que, dans ces cas précis, il vaut mieux parler plutôt que d'agir. Je n'ai rien à dire, je n'ai qu'à écouter la bande d'abrutis que nous formons, bien calés dans nos fauteuils. La scène est la même dans des millions de foyers, et Boucebci est mort. Ce n'est pas un homme qu'ils ont tué, c'est une étoile. Le choc est terrible. J'ai infiniment de mal à comprendre ce qui a pu pousser les criminels à l'abattre. Je pense que, ces gens, il faut les plaindre parce qu'ils ont souffert, mais comment ne pas les haïr ? Une haine comme celle-là, je ne l'avais jamais éprouvée. Comment dire ? Imagine un type arrachant les yeux d'un enfant. Être cet enfant, hein, mais être aussi l'adulte qui peut se défendre. Qu'est-ce qu'un tel crime peut signifier ? Que nous n'avons pas le droit d'être différents ? Qu'il faut mettre au grand jour la vérité ? Que la vérité commence avec l'Histoire ? Que l'Histoire, ils sont là pour nous la raconter ? Non mais, tu crois qu'on a du temps à perdre à se faire une Histoire ? L'Histoire commencerait où, et quand ? Elle a été confisquée, puis interdite à tous. Certains ont été capables d'en garder quelque chose : le passé. Ils n'ont pas mis une croix dessus, ils ont tiré un trait et continué à vivre de la même façon. Libres ! Tu peux oublier, comme ça, du jour au lendemain, que tes grands-parents te parlaient français, que tu as parlé français, que le boucher de la rue de l'Indépendance te faisait réciter ton subjonctif avant de te servir, et qu'on apprenait aussi l'arabe ?

De but en blanc, on t'annonce que l'arabe est la langue nationale. Tant mieux, mais qu'on ne fasse pas des boucs émissaires de ceux qui ne l'ont jamais pratiquée. Qu'on ne les prive pas de leurs droits. Tout a commencé avec leur politique d'arabisation : les cours du soir pour tous les fonctionnaires. Non seulement les malheureux bossaient pour une misère mais, en plus, on les renvoyait à l'école comme des demeurés : l'infantilisation totale ! Ils ont fait ça, ces ordures, sans enseignants, sans bouquins, sans moyens, et il y avait encore d'honnêtes gens pour respecter ça. Mon père, un soir, est rentré furieux ; il a dit :

– J'en ai soupé de ces vermicelles !

Et il s'est tenu à l'écart de ces balivernes. Il a fait ça le jour où il s'est présenté dans une administration et qu'un fonctionnaire débile, derrière son bureau, lui a ordonné de parler en arabe, sa langue, et que tant qu'il n'aurait pas formulé sa requête de cette façon, il pouvait toujours attendre. Il a répondu :

– Depuis quand c'est ma langue ? Ça fait cent trente ans qu'on m'interdit de la parler, ma langue ! J'en ai une, mais tu ne la comprendrais pas. Tandis que le français, tu peux encore le parler avec moi. Et si on s'y met tout de suite, je n'aurais pas de retard dans mes papiers, et toi tu seras payé pour avoir fait ton boulot, pas pour appliquer des lois qu'on ne comprend pas.

Mais un abruti, ça ne réfléchit pas, et le type n'a rien entendu, rien voulu entendre. Tu vois, c'est de ce genre de types bornés qu'aujourd'hui tout dépend. Il suffit de regarder les ministères. Il n'y a plus que de pauvres bougres qui déambulent dans les halls. On peut leur raconter n'importe quoi. Ils ne se doutent même pas qu'ils se sont fait avoir. C'est pas qu'ils soient bêtes, mais jamais ils n'admettront que le sang a coulé pour des gens qui, aujourd'hui, les trahissent. Ils sont fatigués. La guerre les a limés. Ils ne savaient même pas pour quel chef il fallait se faire tuer. Alors ils l'ont fait pour la terre. Et ce qu'ils veulent, maintenant, comme reconnaissance, c'est un papier joli comme tout sur lequel est inscrit qu'ils ne se sont pas planqués, qu'ils n'ont pas eu peur de libérer leur terre. Pas un seul gars honnête qui ait pu obtenir sa carte d'ancien combattant ! Pas une famille sortie de la merde qui ait pu trouver, avec l'Indépendance, plus de dignité qu'elle n'en avait du temps de la France. Les cartes d'anciens combattants, on en a fait un vrai commerce. Ça se vend bon marché mais tout de même assez cher, en devises, pour faire se retourner un moudjahid dans sa tombe. Les autres, ceux qui ont eu la chance d'étudier, qui se promènent avec un code civil dans la tête, on essaie d'en faire des analphabètes. Tu sais ce que ça donne, aujourd'hui : des analphabètes trilingues. Quant aux gueulards en blouse blanche, ces pauvres médecins qui, un jour, ont montré que l'urgence était ailleurs, oubliés dans leur cachot : la trique pour le baudet ! Les philosophes, de leur côté, avaient beau jouer les troubadours, on les a chassés, laissés pourrir dans les vieux cafés parisiens. Ces diseurs de bonne aventure savaient des prophéties plus troublantes que les avertissements de ces satanés barbus. La vérité ne leur tombait pas du ciel, elle leur montait du cœur ! L'Histoire, c'est dans leurs poésies qu'ils l'ont inscrite. D'autres, Dieu merci, d'autres ont, par miracle, échappé à ces pièges. L'Histoire ? Ils ne sont pas dupes : des hommes l'ont faite, d'autres l'ont confisquée, quelques-uns en profitent. Ça ne va pas plus loin. Alors, ils ont préservé le passé, le leur ; et ils s'en servent encore. C'est notre vieille éducation, notre mentalité, notre humour : nous ne sommes pas une nouvelle race de pieds-noirs. Notre bien, c'est le nôtre : on n'a rien ! On n'a rien eu de ce pays, aucune fierté. Rien. Pourtant il y a eu des écoles, des universités, des usines... Tout a duré si peu. Ce savoir, ces grands projets, c'est parti avec le temps : une petite durée. Et c'est encore ce rien, déformé dans nos têtes, qu'on se plaque devant les yeux comme une photo jaunie qu'on ne veut pas renouveler. J'ai toujours été une étrangère ici ; je n'ai jamais su où me situer. Qu'ont-ils fait de ce pays sinon des choses à vous couper le souffle. Et on en voit tous les jours : ici, une usine qui ne fournira que du vent ; ailleurs, un complexe touristique délabré ; plus loin, des constructions inachevées, abandonnées sur une plateau de terre calcinée. Partout des cités grouillant de monde, de haine et de honte. Quant aux enfants qui vivent sur ce tas de terre, les gaz d'échappement leur viennent aux narines et ça leur donnent envie de prendre le large ou de se précipiter dans le vide. Ce qu'ils font : une guirlande de gosses se déroule quelquefois, depuis la butte, elle va, ondulant, jusqu'au bas de la grand' route, remonte, essoufflée, chercher son élan, puis recommence son zigzag fou. Ce toboggan est gratuit ; il est fait pour eux. Ils ne craignent pas de se faire des fesses dures comme le roc. Depuis quelques jours, les voitures ralentissent, à cet endroit, et les conducteurs lèvent les yeux en direction de la colline. Ça donne la frousse à tout le monde.

La mort est un jeu. Un joujou grisant. Ici, c'est le seul jouet qu'on ait. Les grands parcs à manèges, ce n'est pas pour eux ; il faut aller les chercher plus loin, là où ces enfants ont l'air de voleurs. On n'est pas des voleurs ! Voilà pourquoi les rues appartiennent aux enfants. Plus personne n'oserait le contester. Les Klaxons sont parfois tolérés mais dans un tollé d'insultes déversées depuis les balcons. De là-haut, les mères surveillent leurs petits hommes. On n'a pas l'âge d'un enfant, quand on est dans la rue, on a l'âge des risques. Quant aux adultes... Il ne reste plus que des vieux, qui poussent la terre du bout de leur canne. Tout le monde s'est trompé, et Boucebci est mort. Je ne comprends pas le sens d'un tel crime ; je ne sais pas ce que veulent ces gens...

Ces bruits qui montent de la rue, c'est le glas qui sonne. Les enfants font rouler sous le soleil des bouteilles de gaz. Le tintamarre se mêle à l'horreur des dernières nouvelles clamées, cette fois, les mains en porte-voix. On ne parle plus, dans ce salon. On écoute : « Poignardé... deux coups dans le dos... deux fous l'ont poignardé de deux coups de couteaux dans le dos ! »

Je sens monter en moi comme une envie de pleurer, une envie de tuer ! Les larmes ou le sang. Et le muezzin qui pousse sa gueulante !

* *
*

Pavillon 54. Les lumières se sont brusquement éteintes. Chahine n'a pas besoin de mettre sa main sur son cœur, elle le sent vibrer jusque dans ses joues. Aucune raison de s'inquiéter : elle a averti les deux femmes que ce serait dans quelques heures. Elle peut rester dans le noir et attendre. Mais la peur, c'est idiot, c'est plus fort que tout, ça ne se raisonne pas. Elle se met à compter les moutons. Non, rien ne peut la calmer et tout, dans son ventre, se met à remuer. Les autres ont bien résisté à ça. D'ailleurs, si elle doit le faire seule, elle y arrivera aussi bien que celles qui... Les cris de douleur... Il suffit qu'une gorge fasse retentir un cri pour que tout un chœur se mette en branle. Chahine ne tient plus sur ses jambes. Elle est accroupie dans la salle. A tâtons, elle cherche la porte. Un faible éclairage pourrait la diriger vers l'extérieur ; elle se traînerait au bout du couloir et demanderait de l'aide. Seulement voilà, une myope, dans le noir, ça n'arrange rien. Elle n'a qu'à crier. Mais elle n'y arrive pas. Ce serait la honte. Toutes celles qui l'ont osé n'y ont gagné qu'une tornade d'insultes.

Elle, elle n'est pas n'importe qui. Pendant des mois, elle a parcouru les longs couloirs de l'endroit. Il vaut mieux attendre. Prier et attendre. Chahine envisage le pire avec calme. Tout est question d'organisation. Mais elle souffre trop et son rythme cardiaque s'accélère de façon alarmante.

C'est imminent, elle ne sent plus la douleur qui lui déchire le ventre. Sa main rencontre les pattes de fer de la table, elle remonte alors le bras pour palper le dessus et, dans un ultime mouvement, elle se redresse pour atteindre le matelas de cuir. Mais cet effort ne sert à rien. Elle se courbe une nouvelle fois sur le sol, écarte les jambes et laisse venir dans ses mains le corps gluant qui pousse son cri comme un petit rire malin. Chahine a peut-être crié, elle aussi, car les deux femmes qui l'entourent sont pareilles à deux fantômes surgis d'entre les murs. L'une, en tremblotant, tient dans ses mains une bougie tandis que l'autre s'affole autour de la mère. Chahine ne peut pas se laisser aller, elle guide avec calme les opérations. Son visage, en sueur mais serein, sous le mince reflet de la bougie, fait d'elle une madone. L'enfant est vivant. Un peu frêle, mais vivant. Né dans le noir. Y a-t-il là un présage ? Chahine ferme les yeux comme pour chasser ces pensées étranges. Après tout, il ira avec elle jusqu'au bout. Que c'est bon de dormir enfin !

Une voix plaintive la réveille. Chahine est tout étonnée d'être encore dans cette chambre. La voix, soudain, a revêtu un corps que Chahine ne peut chasser de ses yeux. C'est une femme enlaidie elle aussi par cette douleur qui lui perçait le ventre. Ses mains couleur henné semblent couvertes de boue tant elles sont foncées. La pauvre femme se frappe le visage et les traces qui marquent ses joues s'assombrissent avant de disparaître. Une femme en tablier blanc, excédée, lui crie des insultes et, soudain, elle lui donne une gifle cinglante :

– Tu vas la fermer, horreur ! Tu criais moins quand tu le faisais ! Alors ferme-la une bonne fois si tu ne veux pas qu'on te laisse crever toute seule.

Cette gifle, effectivement, la fait taire, mais elle continue, d'une voix sourde, à maudire le jour qui l'a vue naître. Chahine est blême ; jamais une telle chose ne s'est passée devant elle, elle répète :

– Tu n'avais pas le droit de la frapper. C'est mal, ce que tu as fait. Tu es en train de devenir folle ou quoi ?

– Oh, fous-moi la paix, toi aussi ! Cette ordure, c'est au moins son onzième ! J'en ai assez de ces pondeuses de malheur ! Toi, avec ta petite tête bien éduquée, tu n'en as que deux, et dans cent mètres carrés, alors fais pas ta donneuse de leçons !

– Tu n'avais pas le droit de faire ce que tu as fait. C'est mal, je te le répète. Et ne recommence pas !

Quelle coïncidence ! Comment a-t-elle pu se trouver là dès le matin ? Et cette voix qui hurle de l'autre côté du pavillon... A son tour, elle se sent capable de donner un coup sec du revers de la main. Mais tout est calme ; de nouveau, elle peut enfin fermer les yeux.

* *
*

On a attendu que Chahine aille mieux pour célébrer la naissance de son fils. Les gens viennent nombreux. Des visites, pour des occasions pareilles, on n'en a pas vues depuis longtemps... très longtemps.

Sélim s'amuse à reprendre les prénoms qu'il lit dans la presse :

– Dites, vous avez vu ça, après la génération des J. R. et des Paméla, c'est celle des Abou : Abou-Malik ; Abou-Fatah ; Abou-Slimane... A bout portant, ouais ! C'est de la graine de terroriste, qui est en train de naître ! Simbad ! Ma parole, je vais l'appeler Simbad mon gamin...

Les vieilles tantes l'accueillent de la voix, étranglant dans leur gorge les youyous qu'elles voudraient doux. Le salon s'ouvre sur une cour fleurie des plus jolies plantes de cette terre, et de quelques terres étrangères. Dans cette maison, on rapporte toujours, de ses voyages, des plantes exceptionnelles, toutes plus rares les unes que les autres. Les quelques personnes qui fréquentent le jardin disent, en écarquillant les yeux, que c'est un vrai paradis. Cet après-midi est encore accueillant, la lumière assez douce pour que les portes restent ouvertes jusqu'au soir. Et le soir, la fragrance du galant-de-nuit vous suit jusqu'à la porte, tel un serviteur accomplissant son service. Chacun a pris place au centre de la cour. Le dos, appuyé aux murs ornés de marbre et de mosaïques, cherche un peu de fraîcheur. Ces lieux fermés à la ville vous coupent du pays, du monde, puisqu'on dit que, nulle part ailleurs, on ne retrouve de telles couleurs et une telle paix. Pourtant, les choses ne sont plus comme avant. Les deux trous dans le vitrail rappellent que la blessure est grande. Chacun a sa version des faits : durant de longues heures, les récits laissent remonter à la surface les frayeurs d'une journée inoubliable.

– Les bus flambaient au carrefour, récite ma vieille tante plus émue encore qu'au premier jour ; là, à deux pas de la porte... Si vous aviez vu la nuée ! Des sauterelles ! Non, ce n'était pas des êtres humains, mais des insectes affreux. Je ne sais pas ce qu'ils criaient : Islam, Islam. Je me suis dit, mais qu'est-ce qu'ils ont avec leur Islam, il y a quelque chose de nouveau ? Ils ont eu une apparition ? Il n'y a qu'un Islam, et nous le respectons tous, et mieux que n'importe qui. Moi, tous mes oncles sont des cheikhs, et le Mouloud, et les Aïds, et tout et tout, on a tout fait pour notre Islam, on est né avec, on le porte en nous, c'est pour ça qu'on peut se permettre de l'oublier. Qu'est-ce qu'ils veulent nous apprendre ?

L'assemblée acquiesce et renchérit :

– Tiens, ma grande sœur, elle est aussi vieille que les pierres de sa maison, elle ne voit presque plus, eh bien, le mois du Ramadan, elle a toujours un malheureux à sa table. Et quand elle tue son mouton, il ne reste pas un morceau de viande pour elle, elle donne tout aux pauvres.

– C'est que, les pauvres, tu crois qu'ils sont pauvres, mais, moi, ça m'étonnerait...

– Comment, ça t'étonnerait ?

– Ça m'étonnerait, et je sais ce que je dis.

– Alors dis-nous ce que tu sais.

– Ça c'est passé l'autre jour, dans mon quartier. Je n'étais pas sortie depuis plusieurs jours. Il y a tellement de monde, en ce moment, que je préfère rester chez moi. Ce jour là, je ne sais pas ce qui m'a pris, je crois que c'est la bonne qui m'avait mis les nerfs. Donc je suis sortie. Tu vois comme je suis grosse, maintenant que je suis vieille, alors j'ai jeté mon voile sur moi, je ne savais même plus le porter. Bon, je l'ai mis pour que les jeunes du quartier ne me remarquent pas et ne viennent pas me cambrioler. Je ne vois pas ce qu'ils pourraient me prendre, d'ailleurs ; franchement, qu'est-ce qu'il me reste ? Des bijoux ? J'ai donné tout à mes filles et à mes belles-filles. Mais malgré tout ça, je ne suis pas tranquille. Alors, je descends et, comme ça faisait des mois que je n'avais pas marché, dans la descente, tu vois où j'habite, il y a un arrêt de bus – je ne sais pas pourquoi ils ont mis un arrêt ici, c'est toujours plein de monde et le bus passe tous les dix ans. Alors... tu vois pas que je tombe de tout mon poids... à deux pas de la foule ! La honte de ma vie ! Si mon fils m'avait vue, la terre se serait ouverte devant lui qu'il se serait jeté dedans. Sa mère qui tombe au milieu des gens, le spectacle !

– En effet, c'est affreux ; et alors ?

– Alors tu sais comment ils sont, nos jeunes, ils m'entourent tous... l'attroupement... une folle par terre, tu imagines. Les autres, ça leur faisait passer le temps, et moi, la honte qui me monte jusqu'à la gorge. Je leur dit : « Quoi ? Qu'est ce que vous voulez ?... Quoi, si j'ai mal ? J'ai pas mal, non. Je m'assieds sur le trottoir... comme tout le monde. Allez dégagez ! » Et j'ai rabattu mon voile pour qu'ils ne me reconnaissent pas. Tu sais, les gens connaissent mon fils. Je me suis installée, comme une misérable, sur le bord du trottoir, les pieds dans la rigole, j'attendais que ce bus de malheur emmène tous ces sauvages. Et c'est là que mon cœur a failli s'arrêter. Deux femmes étaient assises à côté de moi ; elles parlaient tranquillement. J'ai écouté. Je n'avais que ça à faire. J'ai écouté et j'ai entendu : « Mercedes ». Ma chère ! Elle racontait que son fils avait la Mercedes. Elle, dans son trou perdu que tu lui donnes même pas de nom. Alors là, depuis ce jour, j'ai dit, je ne suis pas tombée pour rien. J'ai appris que chez nous, les pauvres, ce ne sont pas ceux que tu crois. C'est tout.

– C'est pas faux ce que tu dis. Et nous, qu'est-ce qu'on croit ? Nos filles, on va pas les donner à n'importe qui. Il leur faut des intellectuels, pas de simples bacheliers, à peine si on tolère les ingénieurs. On veut des avocats ou des médecins, des dentistes. On veut marier nos filles à des pauvres. A des types qui ont tellement étudié qu'ils n'ont pas eu le temps de se procurer le minimum pour vivre loin de leurs parents. Tu en connais, toi, qui vivent seul, à trente ans ! Pas de maison, pas de voiture, un bout de papier dans la poche, toute l'année la même veste sur le dos, et voilà la richesse de nos héros.

– On a créé une nouvelle race de pauvres ! Il n'y avait que l'Algérie pour faire ça.

– Tu en as d'autres qui vont bientôt se faire passer pour des aristocrates : les chiffonniers de Tati. Et attention, ça va te raconter que c'est de la graine de grande famille. Moi, je n'y vois que du feu : d'un côté les fous en djellabas, de l'autre les voleurs au pouvoir... sans compter les hitistes à la « tête de bourgeois ». Dieu nous préserve, le monde a changé !

– Dieu ? Dieu est parti, il nous a abandonnés.

Rire général.

– C'est pas possible, toi aussi tu dis ça ? L'autre jour, mon jardinier a dit exactement comme toi ; j'ai rigolé, j'ai rigolé et j'ai pensé : « Il a de l'humour, quand même ! » Mais maintenant, on va la régler comment, cette affaire ?

– Il paraît que, si ça continue, les Américains vont venir.

– Les Américains ? !

– Oui, oui.

– C'est une affaire de juifs, ça !

– Ce sont les Américains qui vont venir.

– Regarde-moi, celle-là, comme elle insiste ! Oh, qu'est-ce qu'ils vont bien faire, tes Américains, qu'on comprend même pas leur langue ?

– Moi, les juifs, ça ne me dérange pas. C'est des cousins. Même si on fait du chichi, c'est quand même des cousins. On est kif-kif. Entre nous, si tu veux savoir la vérité, je ne sais toujours pas pourquoi on a mis notre grain de sel dans leurs disputes. Mais les Américains, eux, on ne les connaît pas.

– Ils n'ont qu'à venir ! Eux ou cette race de poilus, franchement, on n'a pas envie de choisir.

– Mon Dieu ! On est en train de devenir dingues. Hier on criait à l'Indépendance, aujourd'hui on espère l'invasion de monstres.

– Tu as crié à l'Indépendance, toi ? Moi j'ai rien crié du tout. Tiens, c'était exactement comme aujourd'hui : un groupe d'excités et le chamboulement total. La guerre était terminée ; j'ai dit qu'est-ce qui se passe ?

– Ah, alors tu étais déjà folle. Allez, on oublie ce pays cinq minutes. Dis, regarde un peu ce chat, tu as vu les yeux qu'il a ? Il ne lui manque que la parole ; il a écouté tranquillement, et maintenant il s'en va.

– C'est peut-être un indicateur.

– Allume la radio et prends *Europe 1*. On va un peu écouter ce qui se passe chez nous. On n'est au courant de rien, ici, et en plus ils te tuent ces pauvres journalistes.

– Laisse-nous, avec ça. Je ne veux plus en entendre parler. Ils n'ont qu'à faire ce qu'ils veulent de ce pays. Moi, je l'ai perdu le jour où j'ai perdu mes frères et mes oncles, nos maisons et tout. Et même si je ne regrette pas la France, je regrette que, notre beau pays, on l'ait laissé entre les mains de ces imbéciles qui nous gouvernent depuis plus de trente ans. Pas une fleur dans les rues, pas un quartier où tu peux te promener en paix, et respirer l'odeur des épices, des roses, des fruits. La guerre, ça fait quarante ans qu'elle dure. On n'a jamais été en paix.

– C'est des crétins qui nous gouvernent ! S'ils m'avaient demandé mon avis, tu aurais vu un peu, le pays, comment que je te l'aurais soigné. Un bijou, ma fille. Mieux qu'avant, va ! Allez, on parle d'autre chose ; on oublie cette race. Dis, où il est ce bébé, qu'on l'a pas encore vu ?

* *
*

Zohir est mort depuis des mois, maintenant, et chaque nouvel assassinat fait revivre en nos cœurs le calvaire qu'il a connu. Cette mort reste une énigme. Toutes les morts le sont, c'est pourquoi on ne se rend plus au cimetière qu'avec cette étrange discrétion qui nous fait surveiller le ciel, la rue, les voisins... Je ne sais s'il s'agit là de peurs nouvelles : la mort reste difficile à accepter, mais avec une si grande violence, elle devient insupportable. Alors on entoure d'une protection illusoire les rendez-vous qu'on donne à nos morts. J'ai donc appris, à mon tour, qu'il y a des jours pour se rendre là-bas, des jours de brume qui montent de la plage au ciel. J'ai appris à écouter le raclement des pieds pour trouver le bon pas sur ces trottoirs de cailloux et de sable. (On n'a jamais voulu combler les trous : par économie, par corruption... par anticipation ; c'est pour ça que les trottoirs fuient sous nos pieds.) Ces jours commencent toujours avec une femme seule à l'angle d'une rue. Simple présage : elles viendront nombreuses. Un premier groupe s'est formé, ce matin : des femmes du voisinage. Il y en aura d'autres, peut-être... d'autres jours. Elles portent de gros paniers recouverts d'un papier transparent. (On ne sait jamais par ce temps. On ne sait jamais, d'ailleurs, quand on ira, pour pleurer toutes les larmes de son corps, et c'est pour ça qu'on prend tant de précautions.) Elles avancent d'un pas irrégulier, serrant un coin de voile entre leurs dents. C'est là que j'aime les regarder, quand elles montent, en soufflant, le cœur gros comme la pluie. Elles sont des oiseaux blancs, des cigognes... qui s'en vont sur le chemin des vautours, traînant leurs lourdes ailes sur le goudron. Oh, comme elles aimeraient s'envoler ! Mais elles vont là-bas, derrière la colline, entre les blocs de cités ; là-bas où se trouvent les cimetières, où dorment et pourrissent ceux qu'on aime, ceux pour lesquels on vient chanter d'étonnantes berceuses. Il y a tant de monde, dans les cimetières, qu'on croirait voir, dans les allées, des bourdons sur une coulée de miel. Les semelles de caoutchouc claquent sous les talons, comme de petites ailes soulevant la poussière : un clap-clap brisé et lourd qui s'accélère à l'approche des tombes qu'on reconnaît. Il y a tant de monde, dans les cimetières, malgré ce ciel de fournaise, qu'on dirait une fête où des danseuses ivres cherchent désespérément un partenaire. Leur gorge transperce le silence, fige les visages surpris qui éclatent à leur tour en pleurs bruyants. Les cimetières sont pleins de ces hoquets. On ne peut plus y déjeuner en paix depuis qu'il faut écouter les secrets des morts (les dormeurs de ces lieux écoutent). Ils frémissent sous la terre ; c'est pour ça qu'il ne faut pas les pleurer : nos larmes glisseront éternellement sur leur corps... Pleurer ces larmes qu'on n'a jamais eues, brûlantes de haine et de douleur ; attendre, accroupies, devant la pierre désolante, qu'une voix sorte de cette terre boudeuse qui boit les fleurs par les racines. Ces morts ne sont pas morts. Ils ont des choses précieuses à nous apprendre. Un jour, ils sont venus seuls. Ils ont achevé leur marche dans un couloir d'immeuble, dans un hall d'escalier, sur le bord d'une route, et parfois, parfois... dans une chambre à coucher transformée en cellule. Un jour, ils sont venus, recroquevillés sur un fauteuil de voiture, la tête posée sur le volant, mécontents, refusant de parler. Ces morts ne sont pas comme les autres. La mort les a travaillés de l'intérieur : coup de lames, joyeuses blessures. Elle a poncé un reste de vie sur les murs, couru sur les glaces des armoires, sur les sols maculés. Elle a sculpté en eux des slogans noirs, uniques, affolants, et qu'on n'a jamais entendus parce qu'on se voulait sourds. C'est pour ça qu'on est là, aussi éberlués qu'ils l'étaient quand a cessé leur marche de pantins. Nos oreilles se dressent, attentives, au bruit imperceptible. Maintenant qu'il est trop tard, nos oreilles sont avides. Elles cherchent dans le bourdonnement lugubre de ces lieux celui qu'on a tué. Nous ne sommes pas seuls dans ce cas. Les femmes descendent lentement le long des allées, exécutent leur danse dans ce parc, cherchent un proche dans la grande fratrie des cadavres. Les bras tendus vers les tombes, elles enlacent mentalement ce corps invisible qui fait trembler leur ventre.

Qui a tué ?

C'est la mort ! C'est la mort ! C'est elle, la coupable ! La mort les a pris au ventre, pleins comme des sacs d'or. Elle a coupé les têtes et fouillé entre les épaules pour arracher ce cœur ni noir ni blanc. Elle a cherché entre leurs cuisses : dans le grand trou, elle a coupé des chairs de soie lisse, tellement lisse qu'elles dégoulinaient de sang et d'urine. De sang, d'urine et d'excréments. Voilà pourquoi ces morts ne sont pas tout à fait pareils aux autres. Ils sortent des cavernes, des puits, des placards.

Ô Mohammed ! que t'est-il arrivé ? Il répondit : « Trois hommes avec un bassin et une cuvette d'or sont venus, m'ont ouvert le ventre, ont pris tous mes intestins et les ont lavés dans ce bassin, puis ils les ont remis dans le corps, me disant : "Tu es né pur, maintenant tu es plus pur." Ensuite l'un d'eux a plongé sa main dans mon corps, en a arraché le cœur, l'a ouvert par le milieu et en a enlevé le sang noir, disant : "C'est la part de Satan, qui est dans tous les hommes ; mais je l'ai enlevée de ton sein." Ensuite, il m'a remis le cœur à sa place. »

Des mots, de pauvres mots, retournés dans la bouche de ces miséreux qui s'en vont bêler, tels des moutons, qui vont se nourrir de formules onctueuses, plus douces que le miel qui les pique à la gorge comme une lame de couteau. Et le boucher qui prend ses jambes à son cou.

« Reste-là, salaud ! et finis ton festin ! Mange cette chair ! Bois ce vin... viens mordre ce cœur ! Car cette chair est vraiment une nourriture, car ce sang est vraiment une boisson. »

Zô est mort ! Ô Marie, Ô ma Vierge chérie, comment pouvais-tu pardonner ? Prends pitié de moi. Prends pitié d'eux, de leurs yeux vides, vides de faim et d'avidité. Regarde comme ils deviennent fous à lier, à tuer ! Nous n'avons rien eu, rien, rien de rien. Qu'ils viennent fouiller mon ventre, trouer ma tête, arracher mon cœur, laver mes intestins !... Fusillés, égorgés, poignardés, nous sommes de pauvres chiens sans maîtres et sans maisons, sans gamelles, sans os. Nous ne leur ressemblerons jamais, nous ne sommes plus les mêmes. Nous ne sommes plus. *Black-out* !

Il ne faut pas perdre la tête. Il y a encore des gens intelligents et honnêtes, c'est-à-dire des imbéciles bernés par des menteurs. Nous sommes intelligents et honnêtes. Nous avons cru aux paroles de tous ces incapables qui nous ont bernés jusqu'au bout pour conserver leurs privilèges : le pouvoir exercé par des capitalistes ratés, envié par d'incultes dévots. Survivrons-nous à cette folie ?

Les autres se pressent aux portes des mosquées, la bouche grande ouverte. Et ils reprendront le couteau, mélangeront leur salive à notre sang qu'ils boiront sous les étoiles. Les autres ont dormi et se sont tus en serrant les dents. Ils se sont laissé prendre, s'interdisant le mal, exigeant le silence et la justice contre la haine. Pauvres démocrates ! Pauvre femme ! Pauvre femme ! Pauvre guerre et pauvre victoire !

* *
*

Depuis que Chahine a accouché, la bonne humeur est en nous. Les vieilles ne quittent plus le berceau. Il peut pleuvoir des rafales sur leur tête, elles n'ont plus peur que ça réveille le bébé. Une telle détente est un soulagement : quand les vieilles s'habituent au mal, des dizaines de questions sont oubliées, et autant de maux de têtes. Chahine a repris ses activités dans son cabinet et travaille dans l'insécurité. Elle n'en est pas à sa première menace de mort ; il faut croire que les saints la protègent. On ne peut plus compter que sur eux ! Ces jours-ci, de nombreux médecins ont été agressés en pleine consultation. Laadi Flici, le pédiatre Djilali Belkhenchir et tant d'autres ont été assassinés. Il faut travailler verrous tirés, dans l'obscurité de bureaux étouffants. Il faut limiter ses projets puisqu'on ne sait plus de quoi demain sera fait... L'incertitude nous amène à rompre avec de vieux rêves. Je le fais sans peine, avec une paix qui m'éloigne chaque fois un peu plus de ce pays, de ces agitations, de ces meurtres. Je n'ai pas le sentiment d'être différente, même si la vie, chaque fois, perd un peu de ce qui la rendait agréable. Je survis. Il semble même que tout se normalise en même temps que l'horreur s'installe. Je me demande encore si tous ces événements ne sont pas organisés par les chefs de l'armée. Par ceux qui, de pouvoir en pouvoir, ont accumulé un nombre d'ennemis effrayant et autant de victimes à abattre. Ces questions, du reste, sont sur toutes les lèvres. Il faut continuer à vivre comme des millions d'autres ; même si tout pourrit.

Chahine me propose d'envoyer quelques cartons de médicaments dans un centre pour handicapés, installé à une trentaine de kilomètres de la maison. J'en profite pour débarrasser les placards de vieux linges, de chaussures et d'autres choses inutiles.

L'endroit est calme, entouré de sa barrière de lauriers roses. Le gardien du centre, qui n'a pas toute sa tête, m'accueille sur son fauteuil roulant. Il a droit à un fauteuil depuis qu'il est en fonction. Il a tout du fou honnête ; c'est pour ça qu'on l'a séparé des autres. Je souris aux taquineries que la rue lui lance :

– Alors, paresseux, on travaille assis, hein ? Président-youp-youp !

Le bâtiment central s'étire comme si l'architecte avait voulu éviter les étages. A l'intérieur, l'agitation est spectaculaire : le malheureux docteur court à la recherche d'un appareil à électrocardiogrammes. Sa blouse ouverte lui fait comme une jupette et sa course le transforme en boucher, en coiffeur, en cuisinier-pâtissier, en marchand de glaces ou de beignets. Le planton, qui, depuis longtemps, ne fait plus la différence entre un homme qui court et un fou, le prend immédiatement en chasse. Derrière eux, clopine un monstre docile surgi d'une autre salle. Ils parviennent ensemble à la cour. L'air les fouette d'une vigueur venue de la mer – vent de mer. A l'odeur de la cour se mêle celle des pâquerettes puantes et des alcools, éther et mercurochrome qu'on déverse dans une petite salle, aussi noire qu'un WC, sur les plaies des nouveaux venus. Le directeur arrive à son tour, un mince dossier sous le bras. Il ne se déplace jamais sans cette pochette fine, tachée de tampons d'huile et de sueur ; elle lui donne cette allure des gens sans importance mais convaincus du contraire.

– Qu'est-ce que c'est que ce tapage ? s'écrie-t-il avec l'autorité d'un directeur d'école.

– Le cœur, marmonne l'infirmier, le boucher, le coiffeur, le cuisinier-pâtissier, le marchand de glaces ou de beignets, et qui, à force de présence et d'interventions, a fini par devenir aussi efficace que le plus grand spécialiste.

– Il nous manque l'appareil. J'ai diagnostiqué un infarctus. C'est juste pour vérification.

– Évacuez le pensionnaire, s'exclame le directeur.

Ça fait rire joyeusement l'estropié, toujours pendu à son bâton. Il en bave de plus belle. Le directeur lui lance un regard sévère :

– Essuie ta bouche, phénomène !

Puis, se tournant vers l'infirmier :

– Comment se fait-il que ce fou circule librement ?

– Le soleil, Monsieur le directeur ; les grillages du pavillon sont arrachés ; ils arrivent à se faire un passage, et tous les autres suivent. C'est le soleil... dans les cours.

– Vous les avez tous fait sortir ?

– Tous.

– Bien. Faites quand même attention qu'ils n'aillent pas dans la rue.

– Sans problème ! Et l'infarctus, qu'est-ce qu'on en fait ?

– Évacuez, évacuez : vers Belfort ou Mustapha.

Se reprenant, il ajoute d'un air soucieux :

– Mais qui t'a parlé d'infarctus ? C'est probablement un ulcère ; c'est beaucoup plus fréquent. Évacuez-le ! Mais donnez-lui avant des « fortifications ».

Sans brancard, sans fauteuil, le pensionnaire est jeté à l'arrière d'une camionnette sans sirène. Le gardien ouvre les portes. De la rue, fusent les moqueries de jeunes voyous installés devant leur comptoir de carton. Les roues frôlent les nouveaux marchands, déclenchant une pluie de crachats blancs comme la chaux des arbres, et la portière, ainsi criblée, disparaît sous les coulées qui sèchent avec la vitesse.

* *
*

– Madame, vous êtes venue, me dit le directeur en sautillant ; c'est très gentil, c'est très très bien. La « réunionite », ça recommence en ce moment. On attend l'âne responsable des affaires sociales, sociales... Sociales comme sa mère ! Des promesses et rien ; rien depuis des années ; il a pas honte ! Allez, venez. Vous avez vu le cas d'hystérie, tout à l'heure ? C'est nous qui devenons fous à faire le boulot des autres ; comment vous voulez que ça marche, dans ce pays... et la doctoresse, comment qu'elle va, hein ?

Les pensionnaires mordent la terre et se sèchent la bouche de poussière, les yeux couverts de mouches qui les infectent avant de se ruer sur des croûtes plus fraîches à sucer.

– L'aide sociale, ça nous vient de l'industrie. Les dons les plus importants ne peuvent venir que de là, et, si Dieu le veut, on pourra prouver au ministère qu'on peut se passer de lui...

Discussions laconiques. Les suggestions les plus saugrenues sont lancées, et le jeu de « pigeon vole » commence :

– Chaussettes.

– Matelas.

– Serviette

– Y en a !

– Souliers...

– ...

Je profite de ce silence pour suggérer :

– Il leur faut des prothèses. Ils rampent... se font mal... aucune amélioration.

– Introuvables. Le ferronnier pourrait bien nous bricoler quelques chose... mais nous ne lui faisons pas confiance.

Un autre, du fond de sa torpeur, a trouvé ce qu'il fallait ; on note bien vite sur une feuille à en-tête. La secrétaire frappe deux coups de gong sur son clavier, puis sombre dans une fascinante apathie.

– Combien ?

– Cent vingt...

– Impossible ! Tu confonds les pensionnaires et les fauteuils !

– Deux roues par fauteuil.

– Qui calcule ?

– Disons... trente !

– On verra... Note : trente roues.

– Combien de fauteuils ?

– Sept.

– Sept fauteuils, sept !

– ...

La machine se met en branle ; on salue, et chacun s'éloigne de la désastreuse réalité. On n'arrose plus les fleurs parce qu'il faut d'abord laver les malades. Quand on arrose, c'est qu'on ne lave plus les fous depuis des mois. Dans les parcs, poussent des orties et des bassines éventrées. Les pensionnaires font de longs soliloques, graves, avec leur démarche de philosophe ; ils déambulent en inclinant leur longue silhouette, d'avant en arrière, tels des échassiers, cherchant patiemment à gagner le faîte de montagnes invisibles, à toucher enfin le ciel. Ce jour où ils ont vu un orchestre, dans le réfectoire, ils ont cru à une nouvelle invasion de fous et ils se sont trémoussés parmi les voyous assagis. L'aube, chaque jour, se lève sur un monde familier à tous : on a marié le réel et l'irréel et nos cœurs se réjouissent d'une aussi belle alliance. On peut donc toujours être heureux. A condition de le croire. On renvoie les gens en les remerciant ; on perd parfois quelques malades, qui errent sur les autoroutes, emportés, de-ci, de-là, par un autre vent de folie...

Je quitte l'assemblée, étourdie par l'attitude des responsables du centre. J'ai l'impression d'une épouvantable comédie. L'idée d'un jeu où tout le monde ferait semblant. La pire des tromperies.

* *
*

A l'entrée de la ville, les rues sont barricadées. Je n'ai plus qu'à abandonner ma voiture pour rentrer à pied. Heureusement pour moi, la marche ne sera pas longue. Je choisis le bord de mer, empruntant les rues en pente, capable seulement de me laisser descendre. Je ne pense pas qu'il y ait eu de véritable affrontement. Les jeunes ont peut-être provoqué les militaires qui, depuis quelques jours, sont à la recherche de « terroristes » – c'est ainsi que les plus redoutables barbus ont été rebaptisés. Tout cela entretient la tension. Un groupe d'adolescents me conseille de me mettre à l'abri. Depuis des heures, on tire dans le quartier, et ailleurs. Leur mise en garde me laisse de glace. Je ne suis qu'une nomade séparée de sa caravane, portée par le vent qui vient de cette oasis brûlée, seule, dans le désert de la ville. Je ne suis plus qu'un chien errant. Il y a quelques années de cela, des cas de rage étaient signalés, dans plusieurs régions. Il était interdit aux familles de quitter leur foyer après une certaine heure. La gendarmerie se livrait alors à une course aux chiens enragés. Personne n'a jamais douté qu'en fait on chassait des hommes. Le prétexte a déjà servi, pourquoi ne pas y songer aujourd'hui encore ?

L'odeur de friture, le bruit des assiettes qui s'entrechoquent dans les cuisines des restaurants me paraissent irréels au milieu du spectacle qui s'offre à mes yeux. Jamais on ne s'est déplacé à une telle vitesse. Les passants sont à la recherche d'abris. Certains sont plaqués contre les murs, l'index tendu vers le ciel... Le domicile de Lilia est situé trois maisons plus loin : je pourrai me réfugier chez elle. Le vent charrie l'odeur de poudre. Je vais sans doute mourir au beau milieu de la rue, près de la devanture du cordonnier... là, à cet arrêt de bus, seule ! Mon Dieu, faites que non !

Je m'introduis par la petite porte d'un magasin restée ouverte. Autour de moi, des voix chuchotent dans l'ombre. Je devine une autre porte qui donne sans doute sur l'escalier d'un immeuble. Les Mozabites se tiennent en équilibre sur leurs bidons d'olives, cherchant à voir entre les fentes des volets ce qui se passe à l'extérieur. Leurs yeux bridés comme deux points de broderie en disent long sur leur peur, même s'ils aiment à raconter qu'ils vont s'en aller de l'autre côté de la vallée, là où ils gardent leurs filles et leurs mulets, loin, très loin des monstruosités de la grand'ville.

La pauvre ville ne sait plus quel chemin prendre : le nord ou le sud ; l'est ou l'ouest... Elle a détruit ses murailles pour les livrer à la furie des djnouns. Ils n'en disent pas plus sur son sort. Ils vous regardent de biais, l'air faussement inquiets, avec juste un peu de lumière sur le visage, et dans le corps. Ils se demandent qui ouvrira le premier ? Le dernier ? C'est tout ce qu'ils attendent. Dans l'immeuble, un homme hurle :

– Nous, on est là pour jeter nos enfants dans la rue une fois de plus. Et une bonne fois pour toutes, puisqu'ils sont aussi bruyants que des chacals ! Les enfants, ça peut mourir sans bruit, dans la grande fête des pétarades...

Je monte dans les étages. A chaque tir, des vitres volent en éclats. Je vois, horrifiée, des enfants se coucher au-dessus des balcons arrachés, comme des pendus maladroits, la poitrine ouverte, la tête à l'envers. Et la grand-mère qui court comme une cloche folle, et qui chancelle... Celle-là a fait le tour de l'enfer. Ils ne vont tout de même pas la regretter ! Des gens récitent des prières autour d'un corps allongé au milieu de la pièce. Un homme explose de colère :

– Oh, pleurer, pleurer ; ça devient une habitude ! Y en a plus qu'assez, maintenant. Cette putainerie nous a coûté cher : faut le bois pour la planche, la sciure, le drap et tout le tralala ! Des familles, c'est une main complète qu'on leur prend : cinq au cercueil, et ça fait d'une pierre autant de coups que ces bâtards en espéraient. Qui c'est qui va vous nourrir tout ce monde-là ? C'est la ruine ; grâce à Dieu, chez nous, quand le grain est roulé, on met le tout à la terre. Et ça fera de l'engrais pour les futures générations. Tu sais combien qu'on annonce de morts ? Cinq mille ! Et encore, faut sûrement compter le double ! Alors ça suffit, hein ? On ne pleure plus là-dedans, terminé ! S'il est mort, il est mort ; c'est pas ça qui va le réveiller.

Il a raison. Ce n'est plus le nombre qui nous choque. Le nombre ? Il suffit de les entendre dévorer avec appétit la toute dernière offrande des morts. Au dernier repas, des bouches s'ouvrent ; elles ne savent plus comment se refermer ; et la cuillère qui leur agace la langue, et le bouillon qu'ils agitent dans leurs joues, et leurs dents qui croquent et croquent « la viande du mort » (parce qu'il faut montrer à tout le monde qu'il avait de l'appétit !). Ah ! Que les enterrements sont appétissants, gais et frais. Que la mort qu'on dévore nous détend !

Dehors, le cortège bloque toutes les issues. C'est l'embrasement quand les femmes, d'une seule bouche, crient en voyant les hommes s'avancer pour leur arracher le mort ; elles l'attachent de leurs foulards, le battent de leurs mouchoirs. Et les hommes marchent contre elles, contre la foule qui vocifère. Ils chantent pour se donner du courage, chantent à tue-tête : « Dieu est grand ! »

* *
*

L'immeuble est enfin désert. Le clapotis qui court dans la tuyauterie rafistolée serait presque doux. Le vacarme s'est éloigné avec le cortège : le mort a pris la route du cimetière, et les femmes se recouchent après avoir tant veillé, portes ouvertes (vieille coutume qui veut qu'on laisse aller l'âme des morts). Les odeurs d'ambre, d'urine, de malheur emplissent le corridor sombre. Pas une lampe pour éclairer cet endroit sordide. Un homme tient compagnie à la pauvre âme et commente les mouvements de la rue :

– C'est toute la machine qu'il faut changer, toute la mécanique. Il nous faudrait un merdier général. La guerre civile, c'est du pipeau. Une Algérie propre, unie, généreuse et sereine : faux ! Faux ! On a toujours fait semblant de s'entendre. Une telle situation ne devrait étonner personne. Tant qu'on laissera les chiens foutre leur merde sur nos ruines, on bouffera de la charogne. Une guerre, et une bonne guerre, c'est au départ qu'il faut la faire. Un bon départ commence à l'aurore. L'auguste aurore, c'est sain ! Saint Augustinius... Ah, celui-là !

Quelques locataires sont là, lavant à grande eau les étages, écoutant sans écouter le seul homme qui ne s'est pas laissé entraîner dans le cortège du mort.

– La lumière augustinienne, qui apportera des jours meilleurs à celle qui deviendra nôtre, alors, seulement, on saura pourquoi on l'aime !

– Ça me dit quelque chose ! s'exclame une voix du fond du palier.

– Quoi ? Qu'est-ce que ça te dit ? Quand un idiot te coupe la parole, il faut la lui céder ! Alors... ?

– J'ai rencontré un historien. Sur la tête de mes enfants ! Tu crois pas ? Il avait des mots comme du gâteau dans la bouche ; des discours, ma parole, comme du miel, comme du sucre ! Hou !

– Eh... Heh...

– Il disait, il disait : « L'Algérie ! L'Algérie,

c'est une jeune vierge que tout le monde désire et n'a jamais pu posséder... »

– La race de sa mère et de ses aïeux ! Où il est, ton historien ? Ah oui, une vierge, qu'il a dit ? Qu'est-ce qu'il a appris à l'école, cet idiot fini ? Moi, macaque, je lui aurais dit ce que je sais : « L'Algérie, c'est une pute ! ça fait trente ans qu'on la baise et qu'elle ferme sa gueule ! »

– Pffuitt... trente ans ?...

– Plus... plus, mon frère !

Mais un jeune s'approche. Il élève la voix, débite sa leçon, sous le regard subitement vague de ceux qui devinent déjà ce qu'un tel ton peut signifier :

– Le vrai choix, c'est celui que les autres ont fait pour nous. Le vrai choix, c'est cette extraordinaire adhésion aux volontés d'un seul. C'est là que la vie prend son sens, c'est là que l'existence reçoit sa juste raison. Et la valeur de notre devenir dépend désormais de l'accord qu'il y a entre ce seul individu, que je représente, et la communauté qui me donne ses yeux, sa force, son destin : sa foi. C'est là ma condition, c'est là ma fonction : être le défenseur de l'humaine condition, m'exclure de ma seule et avide ambition pour devenir le serviteur des hommes, c'est-à-dire l'ouvrier de Dieu, mon seul, mon unique et suprême maître. Quel regret, quelle revanche ? Si j'accomplis aujourd'hui ce cheminement, c'est pour rompre avec la contradiction des hommes du monde, des hommes du pouvoir dont la seule malédiction est de s'être crus capables, avant toute tentative, de soumettre leur semblable à une autorité de pacotille. Nous ne voulons plus de falsificateurs. Le pourrissement vient de là ; et le désir d'une autre salubrité suppose l'exclusion totale de ceux qui résistent à ce changement. Nous supposons une autre naissance ; notre pouvoir réside dans une prise de conscience absolue : la fatalité n'intervient pas comme une défaite, mais comme l'inévitable étape par laquelle nous rendons justice.

Puis il part, laissant tout le monde ébahi dans la crainte de réagir.

– Frère, demande le premier homme, quelle année sommes-nous ?

– 1400 et des poussières ! répondent d'une même voix ceux qui sont restés près de lui.

– Et nous en sommes arrivés là ! Quel désastre, quel désastre ! Dire que certains prétendent qu'il suffit de changer de région, que le brasier n'est que sur Alger. « Ailleurs, on respire ! »

Je pense à la Berbérie, aux montagnes, d'abord, au manteau de brume des hautes montagnes toujours coiffées de coton. Il y a, dans cette nature, une façon de rire au haut des cimes, le nez pointé vers le ciel, dédaignant tout regard à la terre. La roche d'argent accueille les coques de nuages bordés de bleu... L'étrange paquebot emporte vers d'autres royaumes de drôles de passagers qu'on pourrait nommer : la paix, la liberté de culte, de penser... Des choses en un rien de temps envolées.

* *
*

L'endroit où habite Lilia sert de passage aux occupants de ces minuscules habitations. Au-dessus de moi, pendent de vieilles frusques, dégoulinantes. Le toit percé laisse passer un bout de ciel et d'ombre, comme si l'hiver ne s'arrachait jamais totalement de ces lieux. Pour chercher un peu de lumière, des femmes posent une échelle et grimpent au ciel à tour de rôle. Elles s'arrêtent au bord des tuiles pour n'être vues ni des terrasses voisines, ni des rares passants qui se promènent nez en l'air. Pour la première fois, je surprends l'une de ces femmes au moment où elle entreprend son ascension. L'échelle a l'air solide. Elle plie mais retrouve sa souplesse sitôt libérée du pied qui l'agrippe. L'équilibriste, en m'apercevant, tonne sans honte, avec même cette fausse colère dont témoignent ces recluses :

– Regarde moi ça, on dirait le diable à mes trousses. J'ai failli me renverser comme un bidon de lait caillé. Allez, rends-toi utile ! Vérifie qu'il n'y a pas d'homme qui passe dans le coin. J'ai envie de mettre mes os à chauffer.

– Attention, on pourrait vous voir, la rue est pleine de monde, on a tiré tout l'après-midi.

– Je sais, mais c'est fini maintenant. J'espère qu'ils ont réussi à atteindre quelques chiens de l'administration. Ça fait des mois que je souffre de mes os et ils me donnent pas la sécurité pour les soins. Il y a que cette boule de feu qui me soulage ; tu as vu les bleus que ça me fait ?

– Oui, c'est moche. Est-ce que Lilia est rentrée ?

Près de moi, un rideau en lambeau semble là pour filtrer, depuis des années, toutes les graisses de cuisson. Une voix vient de derrière :

– Elle n'est pas arrivée. Je lui dirai de passer.

Je m'approche, passe la tête :

– Est-ce que vous avez reçu une réponse pour le logement ?

Un lit occupe les trois quarts de la pièce. Le téléviseur est allumé devant les enfants endormis depuis longtemps. Ils semblent morts, emboîtés dans le peu de place qui leur reste. La cuisinière gratte son crâne nu du manche de sa cuiller ; je ne l'avais encore jamais vue sans foulard.

– On nous propose un terrain. Un terrain !... On n'a même pas de quoi payer le pain... Un terrain !... Construire, tu comprends ce que je dis ?

– Mais c'est ignoble ! Ils font ça pour vous décourager.

– Non, encore si on pouvait le cultiver... Mais... ça ne doit pas être possible.

Elle me parle avec la douceur d'une malade, ses mouvements sont lents ; la cuisinière chauve est aimable. Je ne l'écoute plus ; sous mes pieds, une boule molle m'arrache un cri :

– C'est pas une souris, ma fille, les chats ne sont pas paresseux, ici !

Et elle retourne de la pointe du pied le bras mou de l'enfant qui dormait sans gémir. Une petite boule élastique...

La misère rend insensible. Elle ravage tout autour d'elle. Les enfants, trop tôt vieillis, rêvent d'une autre enfance.

La situation de Lilia et de sa famille est bouleversante. La haine est telle, dans ce milieu, que je crois les femmes capables du pire. J'ai demandé conseil à un de mes amis.

Ali m'a invitée à m'asseoir sur un des larges fauteuils qui, à eux seuls, prouvent l'importance d'un responsable de ministère. Il n'a pas changé. La première fois que je l'ai vu ici, c'était quand Chahine faisait des enquêtes sur le droit et la santé. Sa forte moustache parvenait à équilibrer une voix curieusement fluette pour un homme d'une telle stature.

C'est dans son nouveau bureau qu'il m'a accueillie, écoutant, silencieux, mon histoire, pliant et dépliant ses longues jambes, enfermées dans deux tubes de tergal noir, comme le font les femmes assises en face d'un homme. Il a cligné des yeux derrière ses lunettes, deux petits points sombres, enfoncés et agités, deux mouches au fond d'un verre. Il m'a dit, sentencieux :

– Nous avons été mal éduqués. On en est là, aujourd'hui, parce qu'on n'a pas eu le courage de faire comme nos chefs, nos sous-chefs. Tu vois, si on te disait qu'à quelques pas de chez toi se trouve un appartement libre, et que tu sois intéressée, tu irais à la mairie ou à la préfecture pour faire les démarches nécessaires. Eh bien tu aurais tort. Il faut s'y installer tout de suite. Si tu les préviens qu'il y a quelque chose de libre dans le coin, ils sauteront dessus aussitôt, et toi, tu n'auras pas réuni les premières pièces du dossier qu'ils seront déjà en place. Et qu'est ce que tu feras, alors ? Tu te plaindras, ça te paraît normal ? Eh bien pas du tout ! Gravissime provocation ! Alors, qu'est-ce que tu fais ? Tu te tais. Clap ! Et tu en cherches un autre ; c'est-à-dire que tu fais comme eux. Mais tu ne peux pas. Et pourquoi ? Parce que tu as été mal éduquée. C'est ça, ta faiblesse. C'est ça, ta perte.

– Ce n'est pas nouveau.

– Si ! parce que ça va durer. Eux, ils ont tout à y gagner. Les autres, ils ont tout à y perdre. Les uns comme les autres s'engageront. Nous qui savons ce qui est juste, c'est-à-dire qu'une loi, même injuste, est à respecter puisque c'est une loi, eh bien, nous n'évoluerons pas ! Les lois injustes sont faites pour ceux qui ont l'intelligence de les transgresser. Et c'est ce qu'ils font, et c'est parfaitement logique. Les autres, ceux qui n'y comprennent rien, transgresseront les lois essentielles, finalement ; les seules, peut-être, qu'on ait conservées et qui font que nous ne sommes pas tout à fait des barbares. Ils suivent le mauvais exemple mais ce n'est pas de leur faute ; ils ne distinguent plus le bon du mauvais depuis qu'on leur a montré que voler pouvait être un droit. Ils s'y sont mis à leur tour et, maintenant, fini ; on ne peut plus les arrêter. Tu ne peux plus prétendre à la moindre liberté. Si tu en jouis, c'est que tu l'as prise à quelqu'un. L'État louche plus l'insécurité totale, voilà à quoi nous en sommes réduits ! Tout ça pour une histoire de privilèges. Tout ça pendant qu'on est occupé à réunir les pièces d'un dossier pour avoir un appartement, une boîte de sardines... Et quand on a tout obtenu, il est trop tard. Alors on fait un autre dossier pour dénoncer l'affaire et obtenir une dérogation... et comme ça depuis trente ans : « S'il vous plaît ! » ; « Puis-je ? » – des formules de bons apôtres ! On se demandera bientôt si nos assassins n'ont pas eu raison de nous faire la peau ! Je suis persuadé qu'on est en train de réfléchir à la question. C'est le legs de la France, à nous qui sommes restés dans son moule. Face à la Yougoslavie, elle ne peut rien ; face à nous, elle se demande si on n'aurait pas intérêt à aiguiser les lames pour les tendre à nos bourreaux. « Confiance ; il faut faire confiance à l'ennemi. » C'est ainsi qu'elle devise. Enfin, à notre place ! Mais c'est la France, et elle a l'espace qu'il lui faut pour reculer ; nous, on est là, accrochés au vide. Si on recule, c'est le Moyen Age, si on avance c'est le gouffre. Tout ça parce qu'on ne sait pas tricher. Les abeilles – tu vois, j'ai quelques ruches dans mon jardin – eh bien, les abeilles sont capables de tricherie : elle butinent les beignets du Tunisien. Ce qui prouve que c'est sain, le nectar de la tricherie...

– Pourquoi tu roules les « r » ?

– Parce que ce n'est pas de moi : « Le nectar de la tricherie », c'est quelque chose qui roule bien dans la bouche, comme les discours avec lesquels ils nous ont roulés !

Dépliant son long corps, il se balance d'une jambe sur l'autre, donnant à sa silhouette la majesté d'un échassier. Les yeux à demi clos, détachant ses mots, il ajoute d'une voix étranglée :

– Bon, tu le sais, le pays est une vraie bouilloire, et c'est de la graine dure à cuire. Alors, pour la petite, ça devient difficile d'intervenir : les logements sont bouclés. Si tu as un peu de temps, tu peux toujours prospecter du côté des villages. On y trouve quelquefois de jolies bâtisses ; l'armée a toujours su les repérer. Si tu connais un colonel, ça ira plus vite...

– Plusieurs, j'en connais plusieurs, ne t'inquiète pas...

* *
*

Il est rare de trouver, à deux ou trois kilomètres d'une ville, des maisons isolées au milieu des champs. Les cités envahissent la moindre parcelle de terrain. Cette bâtisse blanche, dressée sous de grands arbres nous a décidées, Chahine et moi, à nous arrêter. Chahine a fait le tour de la maison. Devant le jardinet, un vieil homme, en la regardant, a dû se dire qu'elle était d'un genre trop « libéré » pour oser la présenter à sa femme, mais qu'on pouvait parler avec elle comme avec un homme. Elle devait faire partie de cette nouvelle catégorie de femmes qu'on sollicite à la moindre occasion et qui vous donnent satisfaction – même si on est quand même un peu gêné qu'elles ne soient pas des hommes. Il suffit de penser qu'il s'agit d'une race nouvelle. Il la regarde s'avancer et regrette de n'avoir rien à lui demander : les enfants sont en bonne santé, sa femme et les autres se portent à merveille, il a réglé le problème de la construction et, depuis le jour où il a menacé le maire, on lui fiche la paix. Les barres de fer, au bord de l'entrée, sont le dernier vestige d'une embuscade inoubliable ; il ne les enlèvera pas, c'est sa fierté. Et, qui sait ? Ça pourrait recommencer. Le feu n'est pas tout à fait éteint. Il suffit de croiser les regards pour y voir briller des braises brûlantes. Et celle-là, qui plante ses yeux partout, et qui a l'air de compter les fissures de ce maudit bâtiment ! Il lance :

– C'est beau, hein ?

Elle répond machinalement :

– C'était sûrement très beau ! C'est du marbre ?

Tout à fait ce qu'il redoutait. Il avait bien vu qu'elle était du genre à vous mettre en colère.

– C'est du marbre, oui.

Cette fois, le ton est sec. Il ne se contrôle plus tout à fait. Ce n'est quand même pas cette chienne de bonne femme qui va le perturber ! Chez lui, en plus !

– Du marbre cassé. Insiste Chahine, la bouche si molle qu'elle dit ça comme un reproche.

– Du marbre cassé, oui.

Il ne devrait même plus lui répondre. Qu'est-ce qui l'y oblige ? Oui, mais depuis qu'il se fait vieux, la curiosité lui ronge le cœur. Il a besoin de savoir à qui il a affaire.

– C'est pas seulement moche, continue l'impertinente, c'est très moche !

– Pour nous, c'est beau.

– Vous ne devriez pas vivre dans des endroits pareils.

– Ah oui, et pourquoi, je vous le demande ?

– Vous mangez les murs, même le marbre.

– Et ça dérange qui, au juste ?

– Ça me dérange.

– Mais c'est Garcia, ma parole ! Garcia le terrible, je reconnais sa fille ; c'est la fille de Garcia, Garcia Borgès !

– Si je lui ressemble, j'en suis très flattée. Mais hélas, ce n'est pas moi. Elle ne reviendra jamais.

– Tu sais ce qu'a fait son père ? Il s'est pendu dans la buanderie. Et personne n'a plus voulu occuper la maison. Tout le monde avait peur qu'il revienne parce qu'il restait un bout de la corde accrochée là.

– Qu'est-ce que tu essayes de prouver ?

– On n'aime pas qu'on nous provoque.

– Mais pourquoi vous détruisez tout ?

– On n'a rien détruit, c'est nous qu'on a détruits.

– Cette maison, je ne sais pas si tu t'en rends compte, mais c'était un vrai palace. Tu crois que tu méritais ça ? Elle croule de partout ! Vous l'avez bouffée, c'est monstrueux !

– Ma parole, c'est un juge que j'ai devant moi ! Tu veux venir voir ce qui se passe à l'intérieur ? Tu sais combien on est, là dedans ? On a même arrêté de compter. Tous les jours il en arrive de nouveaux.

– Eh bien, arrêtez de faire des enfants. Arrêtez de vous reproduire, c'est criminel. Dieu ne vous le pardonnera pas, lui !

– Attends. Essaye de comprendre avant de juger. On est peut-être nombreux, ici, mais on ne se reproduit pas tant que ça. Oui, on aime les enfants, mais il y a nos familles qui nous rejoignent. Et puis des amis, et d'autres encore qui fuient l'intérieur, les campagnes, parce qu'on ne peut plus vivre qu'en ville. Ils nous ont donné des terres, mais ils voudraient qu'on les laboure avec nos dents ! Les tracteurs, ils se les gardent. Ils font de faux dossiers, ils reçoivent le matériel, ils le revendent et ils sont contents de nous laisser dans la merde. Pour le vrai paysan : rien du tout ! Il n'a plus qu'à traîner ses bœufs, sa seule richesse, et les crever sur des hectares de terre dont il ne verra jamais le bout ! Toi, oui, toi, pendant ce temps, tu t'imagines qu'on passe notre temps au lit ! Mais c'est pas vrai. On est nombreux, ici, parce qu'on s'aide. On se soutient dans le malheur. Ils voulaient nous laisser pourrir dans les campagnes, alors on a décidé de déplacer les campagnes vers les villes. On nous a laissés sans rien, alors on a décidé de venir mourir et pourrir sous leur nez ! Ils ont construit des cités par centaines sur les plus belles terres (on ne va pas m'apprendre, à moi, ce que c'est que la terre !), et pour y manger quoi ? Nous, on est des paysans, il faut le savoir. C'est pour ça qu'on mange les murs, et même le marbre. Et tous ces enfants qu'on sauve de la misère en leur faisant partager la nôtre sont nos enfants. Et toutes ces femmes qui viennent avec eux sont nos sœurs. Et tous ces hommes qui viennent avec elles sont nos frères ! On s'arrange comme on peut. Mais on tient, ici. Et ils peuvent bien raconter qu'on fait des jumeaux tout les quarts d'heure, on n'a pas de comptes à leur rendre ! Va le leur dire ! Qu'ils sachent qu'on est là, et qu'on ne bougera pas tant qu'ils ne se décideront pas à libérer nos biens. Et maintenant, décampe !

– Ça n'explique pas que vous mangiez le marbre !

L'autre n'en peut plus. Il pourrait pourtant la trouver sympathique, elle n'a pas ces yeux de voleur ; elle lui rappelle la petite Garcia :

– Fous le camp, salope !

Il crie, gesticule, s'agite comme un possédé :

– On mange le marbre... On mange la terre ! Tiens, tu veux voir comment on fait ?

Et il plonge ses mains dans la terre, en pétrit une boule qu'il porte brusquement à sa bouche et se met à la mâcher furieusement... Il n'est plus alors qu'un arbre au tronc tranché, aux branches courtes et tordues, dressées vers le ciel...

Quand Chahine se détourne, pour s'en aller, une poudre de terre rouge roule sur ses épaules, comme des graines rouges, comme une douce semence, comme une pluie de terre... une petite boue qui sent bon la rouille et le sang.

Cette terre, il faut la porter sur ses épaules. Alors elle surprend ceux qui croient qu'il suffit de la piétiner pour la posséder. L'adhésion à la terre, au sol, à la patrie semble si dérisoire ! Inutile d'espérer vivre encore en paix. Tout sent la moisissure, la rouille, le sang.

* *
*

La contestation atteint son comble. Je revois ce vieil homme, cette femme si fière qui rafistolait sa toiture, et celle-là, qui déplace devant moi son corps lourd, cherchant une pierre pour y poser son encombrant amas de chair, aussi difforme que son visage qui happe la foule. Seule et perdue, elle est effrayante, suppliante, et elle cingle de ses mots les empotés qui se bousculent pour la regarder de près. Un lettré, voilà ce qu'elle veut, un lettré, aussi minable soit-il, qui lui déchiffrera ce document intraduisible pour elle mais dont elle connaît le prix. Après la mort de son mari, on l'a dépossédée de sa pauvre masure. Elle n'en a éprouvé aucun regret. C'était presque un service qu'on lui rendait. Ce qu'elle trouve anormal, c'est qu'on la tienne pour responsable de sa solitude, qu'on lui en veuille, tout d'un coup, d'avoir perdu l'homme qui la possédait. Qui l'avait fait taire jusque-là. En quoi est-elle responsable ? Des raisons administratives lui permettent désormais d'accéder à la ville. Elle a eu le courage de se traîner, de plaines en plaines, jusqu'à ces quartiers de sauvages. On la comprendra ; de ça, elle est quasiment certaine. Peu lui importe que ce fonctionnaire de malheur la renvoie comme une malpropre ; elle prend à partie les gens de la rue ; même des étrangers ne déposséderaient pas une malheureuse veuve de sa misérable pension. Elle est là, au beau milieu de la rue, devant ces passants qui l'écoutent, aussi curieux qu'ils sont bêtes et impuissants. Elle les supplie :

– Mes fils, mes frères, vous qui êtes des hommes, aidez-moi à leur faire admettre que je n'ai rien d'autre pour vivre que la pension d'un cadavre ; je ne demande que cette pension d'un homme qui s'est tué à la tâche.

L'autre la regarde, hébété, et, tout à coup, impose sa voix au milieu des idiots qui secouent la tête en signe d'approbation. Tous s'écartent alors d'elle, comme des moutons, pour s'en retourner, indifférents, à leur besogne, la laissant face à cet imposteur qui lui plante des mots dans les seins, dans le cœur, dans les os. Elle demande qu'on la soutienne. Et qu'est-ce qu'il lui lance, le jeune homme au visage hâve ?

– Accroche-toi à Dieu, si tu veux garder ton bien, au lieu de te donner en spectacle dans la rue, comme une traînée. S'il te restait un peu de dignité, tu commencerais par cacher ton visage. Si tu étais ma mère, j'aurais aucune honte à te battre.

La femme n'est plus qu'un tourbillon de feu. Elle danse en se frappant les cuisses ; non, elle crie : « A l'aide ! », puis elle soulève ses nombreuses robes, avance le ventre en écartant les jambes, exhibant, dans une furie rageuse, son sexe blanc, imberbe, aussi nu que l'énorme sein qu'elle fait jaillir de son autre main. Elle hurle sa furie devant l'homme qui s'est figé, pétrifié, ne sachant comment réagir :

– Tu le vois, ce trou, dit-elle dans un râle animal, c'est de là que ta mère t'a chié. C'est d'ici qu'on vous a tous chiés, bâtards que vous êtes, pédés, femmelettes qu'on a élevés comme des dieux et qui nous le rendent par des menaces, qui osent menacer celles qui leur a donné la vie. Parce qu'elles n'ont plus personne pour les protéger, on les traite de traînées. Parce qu'elles refusent de mourir comme des misérables, on se permet de les insulter ! Approche-toi de ce trou, viens voir de près ce que la jumelle de ta mère veut te montrer, pour que tu saches une bonne fois pour toutes que tu n'es plus qu'un fils de traînée !

Si tu savais ces rythmes superbes où se mêlent les désespoirs de cette femme hors d'elle, qui s'offre la laideur et la honte qui la cinglent, lui lacèrent le corps comme une serpe ! Dans ses yeux noyés de folie, sur son visage, ruisselle la rage. Et mon cœur chante à côté d'elle : « Tu portes celui qui porte tout. Jardin du Seigneur, Mère des hommes. Par lui, Vierge sainte. Par lui, notre Père. Marie, dans la gloire de ton fils, Amen. »

Marie, ô ma douce Marie, ô ma chère chérie, si tu savais comme je m'égare. Regarde, je t'en supplie, regarde : voici ton fils !

* *
*

Les balustrades servent de sièges à des jeunes qui se balancent en regardant les brigades installer leur campement. La ville est enfin calme. Les chars la cernent et l'atmosphère reste tendue. Le fou du village a été retrouvé mort, quelques heures avant le couvre-feu. Depuis plusieurs mois, des corps que personne ne peut identifier sont découverts dans les champs : torse nu, vêtus d'un caleçon, à croire qu'on les transporte ici pour éviter l'émeute ailleurs. Mais le fou, c'est tout de même étonnant qu'ils l'aient tué. Quand on abat un fou, un vrai fou, on est capable du pire.

Les militaires n'aiment pas qu'on les observe. C'est pour ça qu'ils s'agitent ou font décamper d'un coup de crosse un spectateur trop curieux. Un homme ose crier :

– C'est pas sérieux tout ça : ça fait de bien à personne, de tuer un fou, c'était un innocent.

C'est le genre de chose qui les pousse à bout :

– Tu veux le rejoindre ?

– Tu n'es pas le bon Dieu !

Cette fois, ça devient sérieux. J'ai peur qu'ils embarquent l'homme dans le char et qu'ils l'emportent. Je les ai déjà vus faire, et personne n'avait bronché. Tout le monde avaient filé, le cou dans les épaules. Tous, comme des enfants, et ce n'étaient pas des enfants ! Et ceux-là qui riaient. C'est effrayant un militaire qui rit.

– Abdellah, fils de Dieu ! crient les autres en détalant, à la fois amusés et effrayés à l'idée de provoquer des gens armés.

Le canon tourné vers le ciel, le militaire appuie sur la détente.

Abdellah, fils de Dieu, c'est le « Poulpe », le dernier fou du quartier. Lui s'était toujours tout permis. Il n'est pas mort de folie, c'est pour ça que tout le quartier a de la peine. Il est mort comme un héros. Il est devenu un homme, un homme qui compte, au même titre que les autres.

C'est les jeunes qui l'ont remonté de la plage. Quelle histoire ! Les jeunes, dont on dit : « C'est une sale graine de paresseux ! », eh bien, c'est eux qui l'ont remonté. Ils étaient tristes. Les pauvres, ils faisaient encore plus pitié que le mort. Il a fallu négocier à la mosquée. Qu'est-ce qu'on peut faire d'un homme qui n'a jamais compté ? Ils ont appelé le cheikh, ils lui ont expliqué que le Poulpe ne leur racontait pas d'histoires, il suffisait de l'écouter une seule fois. Le cheikh a dit :

– Comment il s'appelle ?

Et les jeunes ont répondu :

– Boulpe !

– Dieu m'en préserve ! Qui l'a appelé comme ça ?

– Anita, sa mère ; on ne donne pas de nom à ces femmes-là.

– Bon, qu'est-ce qui c'est passé ?...

– Le Boulpe.

– Et alors... qu'est-ce qu'il a ?

– On l'a retrouvé sous sa barque.

– Pas possible !...

– Ma parole.

– Quand ?

– Justement, ça fait un moment qu'on l'avait pas vu. On a cru qu'il avait pris le large ; mais moi, j'ai dit au copain : « Ça m'étonnerait ! » Il n'avait pas de rames !

– La folie, c'est pas une solution.

– Non, Dieu nous en préserve.

– Laisse ton Dieu, va. Qui vous a prévenus ? a demandé le cheikh.

– Jésus, le jardinier de la caserne.

– Étonnant ! Étonnant !

– ...

– Et l'autre ?...

L'autre, c'est le vin qui l'a tué. C'est ce feu qui l'a brûlé. Des bouteilles, il en a ouvert de toutes les sortes : des endiablées, comme il le devenait lui-même, le soir, sous les vagues qui le tiraient de rochers en plages. Il en a bu pour des hivers et des hivers, avalé des quantités énormes. Quand il n'en pouvait plus, il les enfouissait sous le sable. C'est là qu'il a trouvé la tête d'une prostituée ; il la brandissait à bout de bras en hurlant :

– On a volé le corps de ma sultane !

Le matin, les femmes se pressaient pour voir ce monstre nu, gonflé comme un requin, puant comme les seiches sur le sable. Il traversait parfois les villes, à moitié nu, tonnant qu'il mettrait le pays à feu et à sang, que ce n'était pas cette race de chiens qui allait le faire taire. Il n'avait pas peur de dire aux hommes de la police militaire qu'il n'y a que les putains pour pondre des hommes aussi courageux. La dernière fois qu'il a crié ça, les hommes cagoulés, les « ninjas », l'ont battu. Il pleurait comme un gosse. Il a couru au souk montrer ses plaies aux vieilles qui s'enfuyaient effrayées. Ce jour, personne ne l'a oublié. Il a poursuivi une vieille d'un bout à l'autre de la rue, en criant :

– Ma !

Il pleurait, il s'agrippait à son voile. La pauvre femme était patiente. A la fin, elle a lancé :

– Que le diable t'emporte ! Où tu as vu que j'étais ta mère ?

– Dans ton pas, ta bonté...

Il parlait, il parlait ; il disait :

– Enlève ton voile, ma sainte, tu es ma mère, semblable à la mer que je ne quitterai pas.

Il parlait comme un poète ; il disait :

– Regarde, je suis nu, pareil à un nouveau-né. Je ne suis jamais né... Ce Dieu maudit m'a jeté dans cet enfer ; il a mis le feu sous mes pieds, et la mer ne veut pas de moi, chaque jour elle me renvoie sur le sable, laisse-moi te parler, je t'en prie, te dire où je suis blessé.

– Que Dieu ait pitié de ton âme !

C'est ce qu'elle lui a répondu. Quand elle lui a dit ça, il s'est jeté à terre pour embrasser le sol.

La femme a eu pitié de lui. Au fond, il disait des paroles si vraies ; alors elle lui a tendu la main. Elle avait du courage :

– Redresse-toi, tu n'es pas digne.

Il a levé les yeux et, comme un chien, il a répondu :

– Hé, tu n'as pas une fille à baiser ? Si les gens

dignes les portent sur leur dos, moi, c'est sur ma tête que je la porterai...

– Chien ! Chien ! a-t-elle crié en se sauvant.

Et lui riait, riait comme un démon. Il a disparu, si bien qu'on le croyait mort ! Le soir, on l'entendit passer près des volets fermés, répétant :

– Le pays se noie et on s'en fiche. C'est pas moi qui le dis, c'est Si-Abdou, de l'infanterie ! Le pays a soif. C'est bientôt la fin. C'est pas moi qui le dis, c'est le fils du géant de l'infanterie ! Le pays est saigné à blanc et nous, on s'empiffre. C'est pas moi qui le dis, c'est le vent des morts dans les prisons qu'on remplit ! Le pays est mort ; on dort, on dort. C'est pas moi qui le dis, c'est le chef de bande des commissariats de région...

Les gens l'écoutaient. Ils croyaient tous qu'il finirait par donner des noms. Mais lui se contentait de frapper avec un roseau contre les volets en criant :

– Il faut tuer le serpent !

Et on a tué le Poulpe ! La nouvelle est bouleversante. Un commerçant me dit :

– Ils sont incapables de s'en prendre à ceux qui ont faits d'eux des cinglés. Lui n'avait jamais fait de mal de sa vie. C'est malheureux !

– Mais comment ils ont fait pour l'enterrer ?

– La chance qu'il a eu ! Il est parti à midi et le cimetière était plein à craquer...

* *
*

A midi, les cimetières sont pleins à craquer. On ne sait plus qui tue, qui enterre. Des ambulances aux véhicules de police, tout hurle, et ça devient infernal. De plus en plus, on se demande s'il ne faudrait pas aller chercher un peu de tranquillité dans la montagne. Il paraît qu'on y dort mieux ; sauf dans certains villages qui, depuis quelques jours, obligent leurs habitants à veiller toutes les nuits. Mais ce sont des cas isolés. On est loin de la psychose des grandes villes. Pourtant, là-bas, toute mort qu'on annonce est terrible : elle émeut d'un coup une région entière. On n'y meurt jamais seul, non plus : l'esprit de vendetta se réveille chaque fois qu'un homme disparaît. C'est ce dont j'ai le plus peur. J'ai le sentiment que rien ne pourra arrêter ça. Que fait l'État ? Que fait l'armée ? Que fait le FIS ? Que font les autres partis ? La confusion est totale : les crimes des « fisistes » sont imputés à l'armée ; ceux de l'armée au FIS ; les partis modérés (quand leurs leaders n'ont pas été forcés de quitter le pays) exigent le dialogue. C'est le cirque ! On n'a jamais été capables de sortir de ce sale jeu. Chacun songe à partir et, à mon tour, je voudrais fuir. Je n'ai pas envie de croupir au milieu de ces fous. Il n'y a rien de pire, pourtant, que de s'en aller seul. A la préfecture, un jeune homme, derrière son guichet, m'a dit :

– On nous refuse les visas en attendant de nous voir crever ; eh bien, qu'ils rêvent ! On pourra toujours survivre, dans ce merdier. La vie continue. On danse du couvre-feu à l'aube dans toutes les boîtes de nuit d'Alger. Personne ne nous empêchera de nous payer notre whisky ou de baiser nos filles ! Alger danse et baise dans la peur. Ça t'étonne ? C'est dans ces périodes de trouble qu'on se libère !

* *
*

Je pense qu'il n'y a plus de limites. L'inquiétude grandit au point qu'on se méfie de ses voisins comme de la mort. N'importe qui est capable de vous tuer. Tout le monde est suspect. Je ne vis plus qu'enfermée. Ma parenté avec les gens du pouvoir, mes relations nombreuses avec le parti font de moi une cible. Mais les menaces, les agressions, les assassinats pèsent sur tous : des lycéennes aux cartomanciennes, des femmes enceintes aux sexagénaires, on assassine avec frénésie. Une lycéenne a été abattue devant un arrêt de bus parce qu'elle portait ou ne portait pas de foulard ; telle autre parce qu'elle était mariée à un policier. La rumeur est terrible, pourtant elle n'exagère pas la barbarie des actes commis. La vérité se fera-t-elle un jour ?

Il arrive que la tension se relâche. Et si tout ça

n'avait été qu'un affreux cauchemar ? Les rues retrouvent un air de fête, les plages leurs baigneuses ravissantes, plus attirantes encore dans ce climat de risques. Ce n'est pas inconscience : ce n'est pas défi non plus !

Je n'ai pas ce courage. J'ai envie d'un chaos énorme qui nous pousserait, au milieu des balles et des couteaux, contre les deux adversaires. Comme cette femme qui, au moment d'une fusillade, avait baigné son visage dans une marre de sang, et qui hurlait :

– Nous serons toujours là pour te sauver ; pour faire de toi une Algérie libre ! A bas le FIS ! A bas l'armée ! Démocratie !

Ces images ne s'effaceront jamais de mon souvenir. Pas plus que le visage blême du djounoud qui est venu à la maison. Je l'ai écouté et, en moi, cette curieuse sensation de la mort m'a parue évidente. Je n'ai plus rien entendu que ces mots : « La vieille Fatou n'a pas passé une bonne nuit... » Incapable d'en retenir d'autres.

J'ai appelé mon frère. Une envie de rire m'a prise à la gorge, exactement comme Djamila, les seins gonflés, prêts à éclater de ce cri d'horreur... J'ai récité, telle un automate :

– La vieille Fatou n'a pas passé une bonne nuit, à ce qu'il paraît, et il faut avertir Djamila, sans quoi la maison va rester ouverte aux quatre vents. Tu te rends compte ?

Mon frère n'y est pas allé par quatre chemins. Il a juré que l'autre ne rejoindrait pas sa caserne s'il ne racontait pas sur-le-champ ce qui s'était passé. Et le gars s'est mis à parler, parler...

C'est épouvantable. Épouvantable. La vieille Fatou n'a pas passé une bonne nuit, non ; le djounoud l'a retrouvée, le lendemain, pendue au-dessus d'un tonneau, les pieds baignant dans la merde et le sang.

La voix des récitants m'est revenue aussi nette que cet autre jour ; aussi cinglante : « Sales putes ! C'est pas la culotte qu'on va vous arracher... c'est la tête ! » Et la Fatou qui nous rassurait. Et la Fatou qui brodait !

Inutile de chercher les coupables. Ce genre de crime est encombrant pour tout le monde. Les prisons sont pleines. La gendarmerie et la police ont autre chose à faire pour le moment. C'est la sécurité de leurs hommes qu'elles doivent assurer. Pendant ce temps, le FIS égorge l'armée, l'armée égorge l'armée. Colin-maillard ! Il faut mettre les voiles au plus vite.

* *
*

Le cercle maritime est abandonné aux dernières lumières de la saison. Le vent d'octobre a arraché leurs palmes aux deux palmiers dressés dans un face-à-face ridicule. Leur tronc sert parfois à amarrer les barques, les dernières nacelles qu'on attache d'un bout de ficelle. Et les mouettes emportent dans leur bec les algues qui recouvrent les felouques. Près du ponton fixé sur des bidons rouge et noir, un pêcheur s'acharne. Le bruit des moteurs l'arrache à peine à sa torpeur. Ce sont les remous qui lui ont fait relever la tête, et il fulmine en direction des skieurs nautiques. Je lui demande ce qu'il a pêché, comme s'il s'agissait d'un vieil ami. Aujourd'hui, on ne fait plus de manières :

– Du vent. Tu crois qu'elle va nous donner quelque chose, la mer ? Elle est partie avec les autres, et nous autres, on reste là pour crever. Ils enrichissent les cimetières à se taper dessus. C'est pas ça qui va régler les problèmes. On traite les gouvernants de corrompus. C'est peut-être vrai mais je ne connais pas un seul Algérien qui n'ait pas abusé de son pouvoir. On a fermé nos gueules trop longtemps. Tu peux me faire confiance, demain ils vont nous trouver un autre voleur et on va la fermer pour de bon.

– Il paraît qu'on a ramené la Fatou chez elle.

– Oui, elle est née par ici, mais je ne fréquente pas la famille. Moi j'ai été à la veillée du maire. Celui-là, ils l'ont eu chez sa sœur. Plus deux commandants à la retraite. Il n'y a pas de quoi être fier ! C'est Chicago, Madame. On ne sait pas ce qui peut leur passer par la tête.

La pluie s'est mise à tomber et le pêcheur est parti sans se retourner, sans me saluer. Je me suis dit qu'on aurait pu bavarder. J'aimerais tellement savoir ce que les gens éprouvent, ce qui se passe dans leur tête, dans leur corps, quand ils ne sont d'aucun camp. Mais tout le monde se méfie de tout le monde... C'est redoutable. J'aimerais partir, mais je n'en ai pas la force, pas le courage. Je me sens bien sous cette pluie, et la mer gonfle son eau sale, dépose sur le sable de petits paquets d'algues noires. Je vais rester là jusqu'à ce qu'il fasse nuit. Pas de raison d'avoir peur. Quand il pleut, c'est bon signe. Quand il pleut, les gouttes se mêlent aux bonnes nouvelles : c'est le sourire du ciel, comme on dit ! Mais voilà qu'il pleut orages sur orages. Il pleut sur notre désert, et les crevasses n'en finissent pas de s'ouvrir pour nous engloutir. Il faut écrire, filmer, enregistrer, et parler. Parler plus vite que les autres, avant qu'il ne soit trop tard et que tout, à nouveau, ne soit démenti. Il faut raconter les bus, les maisons, les caves. Tout ça, on le voit, on le sait, on l'oublie.

Il faut dire que des bus bondés ont été arrêtés et que des hommes armés ont fait descendre les voyageurs pour les coller au sol, mains sur la tête. Tous. Et ils les ont fouillés, « contrôlés », puis relâchés. Ceux qui s'en allaient souriaient, soulagés, le corps déjà marqué par cette terre maudite. Les autres sont restés sagement couchés contre elle, la joue contre son ventre. Ils ont écouté s'éloigner les moteurs, espérant qu'on se souviendrait de ce demi-visage, amputé de son autre moitié, exhibant ce profil déjà ravagé de terreur...

Ils se sont laissés emporter dans les sirènes devenues folles. Il y en avait combien ? Ils sont allés dans quelle direction ? Où sont-ils, maintenant ? Qui étaient-ils ? On ne connaît ni leur nom, ni leur nombre. Mon Dieu, faites qu'il n'y ait pas de charnier, mon Dieu, faites qu'il n'y ait pas d'asile...

Nos oreilles sont trop petites pour tout entendre, nos yeux débordent de tout ce qu'on a pleuré, nos têtes sont trop lourdes pour tout comprendre, et nos cœurs, nos cœurs trop fatigués pour supporter nos pauvres corps affamés. On prépare les procès de l'avenir. Pourtant, il n'y aura pas de coupables. Nous sommes tous des criminels ! Tous complices !

* *
*

La pluie tombe à grosses gouttes, roule sur les bidons, comme le sang de la Fatou qu'on a jetée à la mer parce qu'il faut que l'âme guérisse de ce mauvais coup, pour s'en aller, tranquille, rejoindre le ciel. Ces fous veulent nous anéantir. Il y a de tout là-dedans : des crabes, des écrevisses aux longues pinces, des cochons de mer, des poulpes, des crabes encore. Horrible, effrayant ; ça vous saute à la gorge comme des requins, ça vous plante ses griffes comme des fauves, ça vous dévore, ça vous met en pièces, c'est l'horreur. Ils ont déchiqueté la Fatou comme des chiens ! Malheureuse femme ! Vous croyez qu'on est heureux ? Mais qu'ils le gardent, ce paradis qui les attend. Ce ne sera pour nous qu'un enfer maudit. Ils ne veulent plus d'intellectuels. Ils les exterminent pour ébranler notre monde ? Nous sommes envahis par des fous ! Et voilà qu'à Paris on se plaît à les comprendre. Ça va chauffer, là-bas aussi ! Qu'ils arrêtent de jouer avec l'idée de justice pour tous avant que le spectre d'Hitler ne se lève à nouveau, car leur Europe n'aura plus qu'à se pendre ! Pauvre France ! Pauvre cinglée ! Nous sommes tous des victimes. Ce massacre dure depuis le temps des colonies. La France ne veut pas y mettre les pattes : on lui a fait porter toutes les crasses. On n'a pas fini de régler nos comptes avec elle, sur cette sale histoire. Ici, c'est bien simple, tout le monde veut commander : les nuls comme les meilleurs. On construit pour détruire, et on détruira jusqu'à s'anéantir. Faux jetons, sordides chinoiseries que nous payons ! Ah ! dommage, dommage que ce ne soit pas la Yougoslavie, mille fois dommage ! La Yougoslavie !... Ce ne sera jamais la même chose, là-bas, ils savent ce qu'ils désirent : un pays, une nation. Nous ? Nos penseurs finiront au cachot, ou alors, à leur table, viendront s'asseoir tous les idiots de la terre qui prendront les décisions à leur place. Non, ce n'est pas la Yougoslavie, ici ! Là-bas, c'est une belle guerre, même si l'on répète que c'est une sale guerre. Ici, c'est une tuerie en traître. On voudrait nous faire croire que tout est normal. Pas de front ! Juste des caves, des souterrains, des enfers. Quarante appelés égorgés dans un chalet... explosés dans un camion... égorgés, poignardés, fusillés, émasculés, éventrés, sept cents... cinq mille... dix mille et, le soir, des hommes nus qui s'en vont rouler dans les champs, abandonnés, sans têtes, et parfois sans corps, près des fermes.

La vérité sort de la bouche des cimetières !

On s'est toujours vantés ; on a toujours dit que chacun avait du mérite. Quelques-uns, revenus de leur formation en Russie, sont devenus espions experts ! La terreur a commencé avec des mises en garde : « Apprenez, puisque vous voulez tout savoir des libertés et que la France nous lorgne en espérant qu'on va se casser la figure ; mais gare à ceux qui bougent ! » Motus.

L'horreur, nous avons mis plus de trente ans à la construire. Et chacun peut être fier de cette étonnante nation.

« Admirez, s'il vous plaît : ici, les chefs ignorants, avec la police secrète à leur botte ; là, les bourgeois ridicules, en tous genres et de toutes corporations ; principale caractéristique : angoissés de l'estomac et du sexe. Plus loin, les gais lurons, attachés au passé, conscients de l'avenir, les inclassables, sans identité, sorte de bâtards à surveiller car souvent enclins au désordre. En bas ? Le résidu, hélas, de la catégorie des rongeurs. Dociles, ceux-là, et se reproduisant de façon impressionnante, niveau intellectuel nul, d'où le peu d'intérêt que nous leur portons. Vous craignez qu'ils ne s'agitent ? Rassurez-vous, il suffit de les dresser contre les lurons ou de leur dire – je dis bien "dire" – qu'ils sont leur propre patron. C'est radical, je peux vous l'assurer. Et si vous sentez la moindre résistance : eau et pain. Aussi sec ! »

Kassaman ! Ô toi, notre Algérie, ô terre de nos martyrs, nous resterons toujours soudés les uns aux autres pour te sauver. Nous lutterons sur un seul front, nous nous donnerons le pardon pour ta grandeur et ta beauté...

Au diable ! Les tombes des martyrs sont profanées. Les chefs sont des voleurs ! Chefaillons de mes bottes !

* *
*

Alger est en ébullition. C'est épuisant de vivre

sur le qui-vive. Kidnappings, viols, assassinats monstrueux sont le lot de chaque jour. La nuit est plus terrifiante encore. Malgré le couvre-feu, des actes effroyables continuent de se produire. Et ce climat engendre le vandalisme. Dans les quartiers prétendus calmes, des groupes d'hommes rafflent tout sur leur passage : vêtements, couteaux... et tout ce qui peut servir d'arme !

Nous n'avons pas échappé à la vague de cambriolage qui touche le pays. Il a suffi d'une nuit d'absence pour qu'on retrouve la maison sens dessus dessous. Les voleurs n'ont pas eu le temps de tout emporter, et les gens du quartier nous ont dit que c'était une chance. Les armoires, vidées de leur contenu, me paraissent plus nettes, dans cet état, mieux ordonnées. Elles préfigurent cette rupture qu'il me faudra bien accepter un jour.

Sélim entre brusquement. Pâle, « creusé » jusqu'aux os. Ses cheveux bouclés laissent apparaître son crâne. Il a vieilli de dix ans. Sans dire un seul mot, il me tend un papier. Une lettre ? Chahine vient à peine de quitter le pays. Les dernières menaces étaient beaucoup trop sérieuses – un cercueil déposé devant la porte de son bureau. Il ne servait plus à rien de s'exposer. Elle ne pouvait plus exercer normalement. C'est une bonne chose qu'elle ait fini par s'en aller. Mais Sélim ?

La lumière entre dans la maison comme un

dernier signe de paix, et Sélim tremble au fond du couloir. Les petits cris qui lui échappent me font l'effet d'un grelot de chèvre fuyant derrière les collines. Il tremble ; non, il pleure. La lumière glisse sous la porte. On dirait des centaines de rubans qui donnent au sol ce rayonnement exceptionnel. Il me semble que la terre rit pour la première fois. Elle rit, furieusement, de tout ce qu'elle va engloutir à nouveau. Je n'entends plus que cette voix cassée qui récite des noms : Mohamed Boudhiaf et Mahfoud Boucebci ; Djilali Liabes ; Laadi Flici ; Tahar Djaout ; M'hammed Boukhobza, les ninjas, les fillettes... Zô, Zohir !

Mon frère accourt, tente de le calmer :

– Tu ne vas pas craquer ! Ce ne sont pas ces rats qui vont te descendre... Fais tes papiers, bon Dieu de bon Dieu, et file, du large ! Palma, Paris...

* *
*

Sélim n'a pas quitté notre maison depuis bientôt deux mois. Une peur terrible s'est emparée de lui. Il se contente de vivre en silence. Impossible de lui faire entendre raison pour qu'il se laisse embarquer dans un avion. Ses grands yeux ouverts lui donnent l'air d'un prêtre en méditation. Pourtant, le moindre craquement le fait sursauter ou se recroqueviller. Je crains que la folie, peu à peu, n'envahisse ce corps terriblement amaigri. Je viens parfois lui dire que les choses s'améliorent : une usine relance ses machines ; le corps du maire vient d'être retrouvé ; les filles de la capitale se promènent en minijupe et décolleté profond ; le massacre des douze Yougoslaves est à nouveau démenti, les Italiens achèvent le bastion... Il m'écoute, tournant la tête vers la lumière, comme si, de ce côté-là, la mort pouvait lui être plus douce.

Mon frère lui conseille d'aller prendre les titres de la maison.

– Si tu n'as pas d'acte de propriété, tu es fichu. Tu risques de tout perdre. Ils vont s'installer chez toi, et alors, terminé : plus moyen de les faire partir.

Nous l'avons harcelé durant plusieurs jours et, au milieu de la semaine, il est rentré chez lui, escortés des jeunes du quartier qui se sont joints à nous, l'encourageant, lui rappelant que n'importe qui peut être la proie de ces « loups ».

Nous sommes arrivés à la maison. Quelques mois ont suffi : elle est complètement délabrée. Les géraniums, qui n'ont pourtant besoin d'aucun soin, sont morts, pourris jusqu'à la racine. J'ai la désagréable sensation que le temps, lui aussi, s'acharne contre nous.

– Sélim... *tiliphoune* ! crie le gardien à l'étage.

Au bout du fil, la voix répète calmement :

– ...Et tu vas mourir ; et ton corps s'en ira pourrir parmi les impies... et tu vas mourir...

Le visage cramoisi, Sélim débite tous les noms de Dieu, donnant à sa voix cette vibration troublante qu'ont les sages lorsqu'ils couvrent de leurs bénédictions les fronts tendus vers eux :

– C'est à moi que tu vas apprendre ce que c'est que l'Islam ? Sale ignare, tu sais pas qu'on va tous crever ? Tu viens m'annoncer quoi, au juste ? Que l'homme n'est pas éternel, hein ? Tu te prendrais peut-être pour le Prophète ? Espèce de merde, tu sais pas qu'avant de crever je vais baiser ta mère ? Pourriture de ta race !... Alors, comme ça, hein, je vais crever...

La voix répète inlassablement :

– ... et tu vas mourir, et ton corps s'en ira pourrir...

– Mais ma parole, j'ai le bon Dieu au bout du fil, Dieu en personne !

Et il court de la cuisine à la terrasse, du salon à la chambre, tordant ses poignets autour du combiné comme s'il tenait l'imposteur au collet. C'est sans doute ce dernier coup de colère qui l'a plongé dans cette apathie profonde.

* *
*

Le marasme dans lequel nous sombrons est

infernal. Inutile de répéter que nous avons rêvé d'une Algérie unie. Inutile de chercher des coupables. Nous sommes tous des salauds, même si nous nous prétendons des salauds honnêtes, incapables de tuer la vermine qui pullule dans les maquis. Devant moi, s'étale une société où la misère croît à chaque détour de chemin – dire qu'on parlait avec mépris des mendiants du Maroc ! A nos portes, la misère nous envahit... la honte aussi.

De plus en plus de quartiers deviennent infréquentables. On y tue sans mesurer l'ampleur des offenses faites au peuple. La puanteur envahit les immeubles. Dans les hôpitaux, les malades urinent dans les couloirs, derrière les portes de leur chambre, faute de lumière pour atteindre les cuvettes noires de crasse. Les jeunes déambulent dans les rues, la peur au fond des yeux, ridés avant l'âge. Ceux-là sauveront-ils un jour ce pays ? Que seront-ils demain ? Vers quel avenir avancent-ils ? Je pense à ces enfants qui, soumis comme des agneaux, se lèvent tous les matins pour se presser vers leur école... Une école ?

Il faut voir ce misérable bâtiment de parpaings entassés maladroitement. Du travail arabe. Il faut voir cette cour : cour de prison, cour de bétail, cour d'insulte à l'enfance. C'est là, dans ces lieux austères, sales de misère et de négligence qu'on apprend à exister. Un réfectoire ? Une salle aux murs sales et vides. Visages tourmentés par la sévérité des lieux. Petites mains vieillies par la peur et la souffrance. Sauve qui peut ! Des matières aussi froides que lugubres. Tout est organisé pour que les enfants ne comprennent jamais rien. (Quel âge ont ces soldats, au coin des rues ? Et s'ils laissaient tout pour se ranger dans l'autre camp ?) Cinquante par classe ! Chut. Sur les tables de torture, ils gravent des injures fortes comme leurs rêves : « J'ai faim ! » Il faut attendre l'heure. Un autre supplice : celui de la mort dans les talons. Des kiosques, tenus par de jeunes adolescents, ouvrent à chaque bout de rue et leur mettent le feu à la bouche avec leurs casse-croûte-frites trop chers, gorgés de harissa pour qu'on ne sente pas la viande pourrie. Trop cher. L'autre qui murmurait : « Ma mère m'a donné une galette » ; comme son père, quand il allait à l'usine.

Maman, maman chérie ! Son petit frère de trois ans est parti, plus tôt que lui, son ardoise sous le bras, ahaner, au septième rang, les sempiternelles sourates du Coran. Le petit a dit :

– Je voudrais faire du tennis !

Et le fou lui a fouaillé les pieds de sa baguette. Ils ne suivent pas : ils n'ont pas de livres. Ils ne colorient pas : ils n'ont pas de crayons. Ils n'écrivent pas : ils n'ont que des cahiers vides. Ils font des avions pour fuir dans leurs rêves, dans leur tête frisée de vieillard. C'est quand ils grandiront qu'ils feront l'enfant. Ils brûleront tout. Mais ils auront un chef ; un imbécile s'il le faut (il n'y a que les imbéciles pour croire qu'ils sont les maîtres) et, quand ils en auront envie, ils lui diront qu'il n'y a de maître que Dieu, Lui, le Miséricordieux, le Tout-Puissant. Et ils résisteront aux ordres de cet imbécile qu'ils ont nommé, élu, et qui s'y croit !

Comment en sommes-nous arrivés là ?

Nul, jamais, ne pourra oublier la voix des tyrans jaillissant des haut-parleurs. De tous côtés elle vrille, développe sa Charte glorieuse. Il paraît que nous serions exceptionnellement épatants. Difficile d'en douter lorsque nous acclamons de nos clap-clap fiévreux les hommes illustres que nous écoutons. De Boumédiène à Chadli, nous sommes devenus, par eux, avec eux et en eux, les vainqueurs de la désastreuse Algérie. Victimes : c'est-à-dire non coupables. Il est ainsi déclaré que nous sommes exemplaires en tout ; détruits par des années de sévices et de désillusions, nous avons, au sortir de la guerre, accompli le réel changement que la France nous refusait (la traîtresse s'est enfuie avec les plans des égouts de la capitale ; depuis, tout empeste) !

Certains jureraient pourtant du contraire. Mais ceux-là viennent de l'étranger. Ils souhaitent propager un verdict insultant. Dédaignons-les.

Optons plutôt pour « l'assainissement » (quelques esprits pourraient faillir à la contagion). Nous sommes les pères de la révolution. Ils en sont les fils. Héritiers légaux de tous nos sacrifices. Nous comptons les mener sur le droit chemin. Ceux-là sauront rester dignes et, dans la discipline, ils poursuivront le mot d'ordre : exécution. Il y aura des héros et des traîtres. C'est inévitable. Nous honorerons les uns puis nous les exclurons, nous punirons les autres de notre indifférence.

(L'honneur, c'est l'exclusion qui vous met à l'écart du moindre trouble, qui vous dispense de conviction propre. L'exclusion : le détachement par lequel je suis sans être, gouvernée, dévouée, tyrannisée, humiliée, exterminée...)

Voilà le résultat de ce qui nous a été si longtemps promis : flattés d'être sans égaux, l'exemple même du courage, de l'audace. Grande gueule !

Grande gueule qui suit docilement un maître narcissique. Il nous prête son image. Plongeons en elle et remplissons-nous de cette beauté, croyons à l'incroyable discours qui nous décrit puissants et généreux ! Laissons-nous bercer, c'est un maître qui parle : nous sommes ses enfants ; un père, homme exagérément, qui exerce sur nous sa fascination.

Il a su nous faire trembler à la moindre remarque, au moindre bruit, mais il est mort, le traître, avec tout ce que nous croyions être ! Le désastre est là : nous ne mourrons pas avec lui ! Impotents, indigents, frappés de toutes les incapacités, nous ne sommes que des imitateurs maladroits. Il n'y a jamais eu de héros, de grands hommes authentiquement puissants. Il n'y a eu que de prétentieux falsificateurs, des vantards prêts à courber l'échine devant le premier boucher : voleurs d'un peuple d'aliénés qui croyait se fondre dans la soumission, l'asservissement à un farfelu. Pauvre peuple trompé ; flagorneur trompé par sa propre flagornerie qui, aujourd'hui encore, veut un chef !

Nous n'avons jamais su grandir. Cancrelats qui vont dans le noir, aidés de leurs antennes ; rasant les murs, s'immobilisant sous le projecteur. L'odeur d'égout est la seule qui nous convienne. Plus ces odeurs montent, plus on se terre ; frileusement, le long des couloirs interminables et humides ; conscients d'errer dans un labyrinthe d'où il faudra bien s'extraire un jour... Grattons, glissons, grattons encore, glissons encore et réjouissons-nous de cette voix de velours, de ce plaisir qu'on a à s'anéantir. Liberté ? Liberté, oui, à condition de se taire ; grattons, creusons, cachons-nous le plus loin de nous-mêmes, à proximité de ce qu'on veut que nous soyons. Qu'il est bon de ne pas voir, de se crever les yeux !

* *
*

Les blés sont couchés, foulés par les roues des Land-Rovers de la gendarmerie. Dormez, campagnes, dormez de ce long dodo ; dormez jusqu'à demain, dans le grand désordre. Et ce matin encore, je les regarde, de ma fenêtre, gonfler leurs joues creuses, avancer, des sacs de plastique vides autour du cou. Ils marchent, la tête en avant, soufflant et suppliant – « Pourvu qu'il y ait du pain ! » –, leurs mains moulinant l'air pour arriver à temps, à temps.

– Qu'il y en ait encore pour nous ; juste pour moi !

A midi, ils parcourent toujours rues, villes, villages. Lèvres séchées par le sel, piquantes de sueur, respiration haletante, narines humant la chaleur de fours lointains et l'odeur du pain. Ils se glissent dans les longues files d'attente, écoutent héler un des leurs, le suivent des yeux, le poursuivent, prennent un raccourci qui leur procurera le premier croûton...

Blés sauvages, saccagés. Depuis peu, l'État réduit ses importations, ce qui affole tout le monde. Certains songent à s'installer près du port. Ils se hissent sur les hautes balustrades pour s'assurer, de loin, que les bateaux de l'étranger déchargent leur cargaison de blé. Les sacs jetés par-dessus bord me rappellent ces corps découverts par hasard, ficelés, eux aussi, dans des sacs.

Je revois cette jeune femme, l'œil collé à la porte, ce qui, naturellement, faisait s'avancer la plus âgée, celle qui ne se réveille même plus. Les verrous ont glissé et, sur le palier sombre (on y voit décidément de moins en moins !), un jeune homme. Qu'il est jeune ! Un étranger avec ses beaux yeux verts ; et la vieille le prend pour son fils !

Il lui tend le sac en expliquant pourquoi son fils a un peu de retard ; il arrivera dans peu de temps, très peu de temps. Et la vieille qui s'accroche à sa main, qui tremblote à son bras dans une danse de vieillesse :

– Tu es un de ses amis, hein ? Que Dieu te garde ! Tu sais, tu sais que je t'ai pris pour lui ! Merci pour ce sac... Ouh, Dieu, qu'il est lourd !

Et ses mains teintes au henné, crispées comme deux pinces de homard, n'en finissent pas de serrer ce bout de bras qui l'aide à se tenir debout. Elle aussi a une bonne tête ronde, elle pourrait être sa mère...

Il se laisse entraîner, il ne résiste pas, il s'approche d'elle et l'embrasse en murmurant :

– N'aie pas peur, Ma, il va venir, il vient ! Il est déjà là.

Et il s'en va. Les blés sont morts. C'est pourquoi les victimes nouvelles ne les fauchent plus qu'avec les dents, quand les salves les couchent près des faux souillées, à la lame couverte d'une croûte de rouille, de terre, de sang...

On disait, il y a de ça quelque temps, que l'agriculture était notre grande richesse, qu'on pouvait tout faire. Et on n'a rien fait. On disait : ils ont planté des vignes, des fruits acides, sucrés, puis amers et étourdissants. Alors, on a tout arraché. Ils disaient : la terre est à celui qui la travaille. Alors, on l'a reprise puisqu'on nous la donnait. Et les autres s'en allaient pour toujours, le corps noué de crampes. Ils riaient de travers en criant qu'on n'y arriverait jamais.

On n'y est jamais arrivé.

Belles campagnes des grands propriétaires, de vignes et de blé. Je ne devrais plus le dire : le feu crépite dans les champs, et le désarroi des paysans siffle comme le vent, de la plaine aux montagnes, des joncs amers à la cime des derniers sapins.

Dans l'immeuble, deux femmes s'affolent autour d'un corps découpé... au fond d'un sac. Le désordre des rues ne suffit pas, l'horreur des assassinats ne suffit pas...

Nous avons semé la haine, nous récoltons l'absurde haine qui fait de nous des monstres. Dressés les uns contre les autres, rassemblés, portés au fond d'un sac, aucun ne s'en est échappé, mis en bière, la tête tranchée, exactement comme celle qu'il a portée cet après-midi-là, quand elles le remerciaient, et qu'elles maudissent, maintenant, tellement fort qu'elles ne croient pas que tout ça soit arrivé.

* *
*

Les gens en uniforme, quelle que soit leur fonction, sont la proie des islamistes. Les islamistes sont leur proie en retour. Dans les discours officiels, l'explication de cette barbarie se résume ainsi :

– Redresser l'économie. C'est le seul moyen pour donner un nouvel équilibre à ce pays.

Nous avons basculé dans l'horreur. Certains peuvent encore se demander s'ils n'ont pas rêvé. Dehors, c'est la loi de la jungle... La jungle !

* *
*

Le bord de mer est gai. Les hommes se traînent jusqu'aux vagues, comme des mollusques. Les éclats de voix vont de-ci, de-là, malgré le bruit des bétonneuses qui font vibrer la route. La chaleur est accablante. L'odeur des ordures qui brûlent rend l'air étouffant. Quelques personnes cherchent un peu de fraîcheur en longeant la jetée. Cette promenade existe depuis que les hippocampes ont quitté la mer pour décorer ce passage. Ça fait des années qu'ils guettent, immobiles, le jeu des infidèles qui fuient entre les colonnes torsadées. Tendres chahuts dans l'angoisse ; les jeunes filles se cachent dans leur voile de sable pour épouser leur amant.

Aujourd'hui, les hippocampes ont dégringolé de leur muret : la queue a rejoint la tête ; ils forment un tas de pierres blanches, un tas de poudre noire qu'on piétine en courant. Fin des heures simples, lourdes d'humidité et de chaleur. Autrefois, il suffisait de poser une chaise devant sa porte pour prendre le soir, paisiblement, comme d'autres, à longueur de jour, prenaient le soleil...

Croire que tout, un jour, puisse être comme avant ? Espérer un instant une autre paix ? Inconscience pure !

Je ne me souviens pas que nous ayons profité du passé, ni même du présent. J'ai l'image d'une nation faite de bourgeois nombrilistes, imbus d'eux-mêmes et paresseux, pour lesquels tout paraissait facile. Une nation construite par des maîtres dégénérés, et dont le seul objectif était de piller en tenant sous leur botte un peuple de culs-terreux, de bouseux, d'aliénés. Un peuple qu'on a poussé à quitter ses campagnes afin qu'il vienne à l'usine manipuler des machines, et recevoir, comblé, ce salaire qui lui permettait à peine d'assurer sa pitance.

Les sirènes qui fusaient dans la nuit étaient celles des bateaux en partance, chargés, de la cale au pont, de quelques fugitifs las d'être exploités. Et qu'on répudiait comme des traîtres. Peuple dressé pour l'arrogance, pour médire et noyer dans son cœur ces ouvriers d'infortune qui prenaient le large, le grand large, le front bas ; et qu'on ne remerciait jamais que par cet inoubliable mépris : ils n'étaient plus des nôtres ! Bien sûr, il y eut nos guerriers, nos grands hommes, qui se reposaient, en silence, de leurs longues luttes ; qui apprenaient déjà à souffrir de cette blessure nouvelle, sans jamais parler de crainte qu'on ne les muselle définitivement. Ils savaient se taire et, dans leurs yeux, souvent, j'ai deviné tant de regrets et tant de honte ! Parfois, ils commençaient de courtes phrases, bien vite interrompues, comme s'ils avaient osé un mot coupable ! La souffrance n'était pas au rendez-vous de nos rêveries. Nous étions des enfants innocents. Parler de ce passé, de cette guerre inachevée, aurait été une infâme tromperie. Nous en avions aisément perdu le goût : nos guerriers auraient pu être des bravaches, une seule date, inscrite au calendrier des grandes cérémonies, en faisait des héros. Ah, que les héros sont tristes quand ils beuglent à pleins poumons qu'ils ont sauvé la nation !

Pauvres parents, pauvres perdants qui n'avaient plus qu'à se couper la langue ! Ne rien dire, ne rien confier de cette satanée Histoire. Savoir la falsifier, tout falsifier. Tronquer l'Histoire pour assister, impuissant, au désastre des hommes. Certains l'ont quelquefois appliqué à la lettre : des bras ont été perdus, des jambes autant qu'il en fallait, des yeux pochés pouvaient bien servir d'alibi pour compléter un dossier de tortures. Ces combines pouvaient toujours choquer ceux qui ne connaissaient qu'une vérité, une seule Histoire. Dénoncer qui ? Un monde de falsificateurs ? Prouver par tous les saints que ses cicatrices étaient bien authentiques ? Il fallait manquer de dignité pour oser réclamer cette reconnaissance à des pilleurs ! Manquer de dignité pour leur dire :

– Frère, j'ai voulu une Algérie unie. Un peuple de sœurs et de frères libres.

Faire silence sur une histoire que nous n'avons jamais eue, que nous avons tue de peur qu'elle ne nous tue...

Aujourd'hui, il reste à retourner l'arme contre soi, et attendre en silence...

Les trains brûlent. Les zones d'activité sont désertes ; les usines sabotées. On ne se rend à son travail qu'avec cette peur terrible qui vous fait voir la mort à chaque étage, à chaque étal de boutique, derrière chaque buisson, à toute heure. Et, quand il devient nécessaire d'agir, les partis politiques espèrent une alliance, l'armée se méfie de l'armée, les femmes envahissent les rues, les familles ennemies se bousculent dans les cimetières...

* *
*

La houle remue les fonds, trouble le bleu des eaux, imprègne l'air d'une épaisse moiteur. La lumière se voile de pâleur saline : grisaille des jours qui cèdent la place à d'autres jours. Le vent se lève, plein de poussière ; il annonce cette pluie de boue qui encrasse tout. Les rues d'Alger-plage sont quadrillées : quelque chose de grave vient d'avoir lieu. Personne. Les arbres, avec leur rare feuillage, ont la mine renfrognée. Rien alentour. La bruine bruisse dans l'envol de salves, tel des sirlis qui percent de leur cris nos cœurs et nos tympans... Quelque chose de grave a eu lieu... Où ?

La ville se referme. Sourde, ou à peu près. Qu'ils regardent maintenant ! Les douces soirées ne sont plus qu'un souvenir depuis qu'ils dorment en paix, et la ville reste aveugle derrière chaque mur. Parfum d'anis. La lune éclaire le bord de la route : cinq corps sont couchés sur le bitume, telles les voiles roulées d'un bateau qui prend le sang, la coque toute trouée. Des hommes ? Les soldats poussent, d'un coup de talon, les véhicules qui ralentissent à l'endroit où la route garde la large trace des pneus, et le sang que personne n'oserait laver. Ils laissent derrière eux un nouveau gouffre, et ce gouffre est immense pour ceux qui ne comptent plus, n'entendent même plus le crépitement des vents. Silence. Une voix retentit :

– Merbah[1] est tombé !

Les hommes vont devant, ils marchent le long des fermes et leurs claquettes folles tamponnent la poussière. Ils remontent vers les écoles, escaladent les murs, rejoignent la plage, le chemin des Ruines, traversent les cours d'immeubles, enjambent les buses abandonnées là, passent derrière les mosquées. Derrière les mosquées, il y a d'autres rues qu'ils connaissent comme leur poche. Et ils courent d'un côté, et ils marchent de l'autre ; ils atteignent les cités où l'on n'a jamais rien vu à force de trop en voir, et ils crient :

– Eh, eh !... ilé-tom-beh...

Et ils rient. C'est bien fait. Et ils rient, eux qui n'ont pas souvent une si belle occasion de rire. Ils rient parce qu'il est impossible qu'une telle chose ait eu lieu. On ne tue pas les grands : un grand qui tombe sous la main d'un petit, c'est comique. Il est mort ?

Silence après ces incroyables doutes. Dans la résidence d'été, il fait nuit pour toujours ; il fait nuit à mourir. C'est trop de repos pour ceux qui dorment de ce sommeil austère ; et voilà qu'on pleure de la mer aux collines. Hautaine voix qui s'élève. Silence devant elle. La voix porte de plus belle... Saine douleur qui pleure tendrement son

1. Chef de la Sécurité militaire de 1962 à 1979 ; chef du gouvernement en 1988.

fils et son maître ! Une telle peine, étrangement, vous déchire et vous réjouit. La veuve est à son tour enchaînée ; la mort a ciselé pour ses pieds deux énormes boulets, et sa pauvre semence retourne à la terre. Merbah est tombé au bon endroit, pris lui aussi dans le piège de l'ennemi. Avec lui sont morts son fils, son frère et leur chauffeur. « La route, pensait-il, est libre. Escortés d'innocents nous ferons le chemin. Cette semaine, vous verrez, vous verrez, des têtes tomberont, patience, patientez... »

La douleur d'une mère devenue veuve est insupportable. Merbah est tombé, et voilà qu'elle cherche à en douter...

Les autres, dehors, diront : « C'est bien fait ! », parce que tout le monde s'y attendait. Il fallait s'y attendre, avec l'humilité des sages recevant la mort, de face, comme un hôte de qualité.

El-Biar vit son deuil. Le monde afflue ; partageant le drame avec affliction et curiosité. Des meurtres de ce genre vous rendent nécessairement curieux. La terrasse est ouverte sur le jardin, le soleil éclaire les cercueils recouverts de drapeaux. La douleur de la famille explose. Trois fillettes sursautent. Les véhicules officiels abondent : hautes personnalités venues pour le dernier salut. Brusquement, d'une fenêtre, une femme crie à pleine gorge.

D'autres femmes voudraient la faire taire mais

elle éclate à nouveau. Sa voix est bouleversante. C'est la voix des guerrières qui brûlent les poitrines, affrontent l'ennemi de leur regard de feu, l'accusent et le maudissent comme jamais aucun homme ne saura le faire :

– Armez-vous, si vous êtes des hommes ! Retrouvez votre dignité : les assassins sont là, vous les connaissez !

Les hommes restent muets. La voix, sans aucune retenue, accable, jubile enfin et les cœurs vibrent, écoutent en chaque écho le nom d'un assassin. Rien ne peut empêcher cette furie, rien ne peut arrêter ce râle : l'épouse du tyran, du héros, du père, dénonce les nouveaux sanguinaires. Elle n'a plus peur de rien, elle qui voudrait mourir, s'enfoncer tout entière en ces paisibles cercueils, arracher à ce triste sort ses injustes victimes, montrer l'horreur folle, la bouillie des corps : trois cents balles retrouvées dans les deux voitures. Je n'en peux plus !

Le silence retombe enfin. Le peuple, de son côté, reste indifférent, ou du moins distant. Cette mort était inévitable. Seule est gênante celle des occupants de l'autre voiture. Après tout, ceux-là n'y étaient pour rien. Quant à la veuve, s'il le pouvait, le peuple lui montrerait ses blessures ; il lui répondrait avec les mêmes injures, le front haut, la gorge pleine de ces mots qu'aucun autre peuple ne saura prononcer. Puis il s'en irait, joyeux, fêter la mort du tyran. Car d'autres mères, d'autres veuves, bien avant elle, ont souffert.

On n'y croit pas, même si certains l'ont dit, même si d'autres ont vu, même si les uns et les autres ont tout entendu. On n'y croit pas. Une telle atmosphère installe naturellement son décor : des hommes échangent, dès le matin, quelques mots sur les événements de la veille ou ceux à venir. Cet assassinat a trop bien réussi pour qu'on n'imagine pas que c'est la mafia qui l'a organisé. La mafia italienne ! La rumeur va son train : des ministres seraient sur la touche. Ainsi bavarde-t-on, un pain à la main. Toute la matinée, les gens vont à grands pas et se transmettent des nouvelles, toujours les mêmes : qu'il est difficile de faire du propre. Les ouvriers de la ville s'y emploient avec une ardeur exceptionnelle, et je me demande pourquoi les quartiers retrouvent leur désordre et ces odeurs dont on ne pourra venir à bout. On sent la mort à chaque coin d'ombre. On ne s'en écarte plus. On affirme alors, malgré la lassitude, qu'il faut faire avec, et puis faire du propre. Rendre enfin l'air respirable pour tous car, depuis quelque temps, certains Algériens étouffent. Ils ne peuvent que s'en aller respirer à l'étranger. L'exode de l'intelligentsia a commencé. Ce phénomène est décourageant. L'amertume des hommes en dit long sur le reproche qu'ils aimeraient faire à ces nouveaux fugitifs. Mais il suffit d'une bouffée d'air pour oublier et se demander comment et par où commencer pour retrouver un pays stable. Quel fil tirer ? C'est là la plus incurable des contradictions. Nous ne sommes jamais parvenus à nous en défaire. C'est d'ailleurs pour ça que les événements vont plus vite que les pensées. Ou plutôt qu'ils interrompent le ronronnement d'un esprit visionnaire. C'est encore pour ça qu'on est surpris, non pas que les choses soient arrivées, mais qu'on n'ait jamais douté qu'elles pussent arriver. Ainsi va la vie ; ainsi la supporte-t-on, le cœur vaguement troublé, l'œil attaché au sombre avenir.

Cet été, les jardins refermeront leurs grilles. Ils s'empliront de feuilles mortes. Le sol se soulèvera autour des troncs. Sans eau, sans vie, la terre les recouvrira peu à peu. On oubliera alors les senteurs de la paix et celles de la haine.

Un jour, les lauriers frémiront.

* *
*

Les rythmes joyeux des tam-tams embrasent les jours. Les voisins marient leur fille et les préparatifs durent depuis plusieurs semaines. Les youyous éclatent au moindre mouvement de la jeune épouse. Les mariages « fisistes » doivent être célébrés dans le plus grand silence ; on n'y tolère que la cérémonie religieuse, mais ces interdits nouveaux sont largement bafoués. L'idée d'un mariage au seul chant du Coran en fait sourire plus d'un.

La voisine m'apporte un plat de couscous aux raisins : l'avant-goût d'un repas qui promet. J'en profite pour lui dire que la rumeur est inquiétante. On dit que des cortèges de noces ont été attaqués : voitures volées, femmes dépouillées de leur bien, mariée kidnappée... Des familles tremblent ou se lamentent : le malheur a frappé leur maison...

Ces informations n'ont pas l'air de l'inquiéter. Elle est affairée, à peine intriguée par ce que je viens de lui dire. J'ai souvent remarqué, chez les gens concernés par ce type d'événements (ou par d'autres, tout aussi heureux), que la notion du malheur arrivait à peine à les rendre plus nerveux, quand elle ne disparaissait pas totalement. Comme si la joie les protégeait de tout ; plus étrange encore, comme si elle les protégeait des frayeurs quotidiennes.

– Des filles à marier, il en grandit depuis vingt ans, alors qu'est-ce qu'on en fait, hein ? me demande-t-elle, presque sur un ton de reproche. La douleur, le malheur, on ne veut plus savoir. On ne fait pas comme si de rien n'était... on fait comme si on s'en foutait. Et d'ailleurs, on s'en fout ! Tiens, qu'est-ce que tu crois que ça va coûter, ce grand bazar ? Quelques Arabes en moins. Rien de plus. Moi, ça ne me gêne pas. Je ne les supporte plus. Qu'on les torture, qu'on les tue ; je vais plaindre qui ? Merde ! Si ça se trouve, demain, c'est moi qu'ils tueront, et pour rien. Tout comme eux, de la même manière. L'autre, il l'ont abattu : ça a fait des heureux d'un côté et des malheureux de l'autre. Et lui, qu'est-ce qu'il y a gagné, maintenant qu'il est au cimetière ?

Elle continue en refermant bien ses doigts, l'un après l'autre, dans sa paume :

– On a abattu le père, le fils et le saint-esprit ; si c'est pas écœurant !...

Était-il un saint ? Un bon petit diable, oui, comme dans la chanson. Un petit cœur de mousse, une vraie cerise qui vous rendait service n'importe où. Un pauvre gars, trop gentil, d'ailleurs, qui avait assez de cœur pour secourir les gueux, les chiens, les pourris, les salauds, et tout les autres. C'est un carnage qui ne sert à rien : deux innocents pour un coupable désigné. C'est trop fort. On n'a pas besoin de ça pour deviner qu'ils règlent leurs comptes entre eux. C'est honteux, voilà ce que j'en pense. Ce n'est pas horrible, c'est honteux ; et la honte est plus dégradante que l'horreur. On savait qu'on était gouvernés par des corrompus mais maintenant ce sont des chiffonniers qui se battent au-dessus de nos têtes.

– ... des islamistes, des islamistes ! Et qui donc les a faits, ces intégristes, si c'est pas le FLN ? On dit que l'armée est bouffée de l'intérieur. C'est pas avec des civils qu'on a fait les « afghans » ! Maintenant qu'on a mis notre nez dans toute la merde du monde, on se demande pourquoi ça sent mauvais ! Ça va puer !

Des têtes sont retrouvées à deux kilomètres de leur corps. Dans la rue, l'armée bloque la circulation pour fouiller les coffres des voitures ; dans les bus, elle fait descendre les passagers, ouvre et retourne les cabas. Elle a raison, la petite dame, de dire au soldat qu'elle n'ouvrira pas sa boîte.

– J'ai rien là-dedans, que je te dis. Rien, c'est clair ?

L'autre aussi, il a raison de lui demander d'ouvrir la boîte. Mais ça va nous mener où, cette sarabande ? Elle résiste, il s'obstine. Ils ont même cru qu'elle avait eu le dernier mot quand le soldat est descendu du bus. Devant leur mine réjouie, il braque son fusil et gueule qu'il leur trouera la peau. Si on croit rigoler ! La merdeuse est toujours assise, sa boîte sur les genoux.

– Mais ouvre-la, salope ! crie un enragé. Pour qui tu te prends, maintenant ? En voilà une emmerdeuse qui nous laisse griller au soleil, dans la poussière et la peur. Y a qu'à la descendre. Quelle poisse !

Le gars reste planté devant son char. Il se met

à fumer. On voit le chef qui remonte dans le bus : une vraie gueule de tueur. Qu'on est moche ! Le type bouscule la fille en lui sifflant sous le menton :

– Si tu l'avais insulté, si tu lui avais seulement manqué de respect, je t'aurais descendue, là, comme une chienne, et pas un de ces types n'aurait pris ta défense.

Elle peut crâner. On sue, maintenant. On voudrait la battre, la mordre. Elle continue à narguer tout le monde.

Et ça fait à peine cinq minutes qu'on a démarré :

– Les poseurs de bombes, c'est pas nous. C'est pour ça qu'on nous fouille. Ils veulent nous faire croire qu'on est complice. C'est pas avec mes petits gâteaux que je vais coller des gens au plafond. Mais c'est bien fait, bien fait pour nous. Faut qu'on chie dans nos culottes, quand ils débarquent pour nous fouiller. Hé ! c'est ce type qui vient de passer et qui se ballade au volant de sa Taïwan qu'il faudrait arrêter. Il a le coffre plein de fusils et de grenades. Faut bien que quelqu'un porte leur crime ! On n'est pas dupe, même si on en a l'air ! Mais à force d'en avoir l'air, on le devient...

– Ferme ta gueule ! crie le chauffeur. Ferme ta gueule ou je fais descendre tout le monde ; race maudite !

Un vieux cheikh calme le chauffeur et lui dit des mots qu'il imagine pleins de bon sens. Ça fait rire tout le monde. Mince ! On était prêts à s'entre-tuer et voilà qu'on rigole comme si de rien n'était. L'homme à la djellabah, persuadé de chasser le diable, récite son chapelet.

– Dieu nous a faits tous égaux...

Les autres n'en peuvent plus de rire.

– Dieu est le père, l'ami de ceux qu'il a créés...

– Mais écoute-moi un peu ce marchand de sornettes ! commente un jeune homme maigre comme un tuberculeux. Hé, deux secondes, s'il te plaît. Si Dieu – et je l'aime – si Dieu m'a créé comme je suis, c'est qu'il m'en voulait sérieusement ! Brun....

– Noir ! corrige aussitôt l'assemblée.

– Cheveux frisés...

– Crépus ! s'exclame le bus entier.

– Arabe...

– Erreur ! hurlent presque les passagers.

– Et pour finir, il me fait naître sur le plateau le plus sordide, là où ne poussent que des cailloux.

Les musiques se mêlent dans un tintamarre agressif. Deux cortèges qui se croisent, ça fait naître en vous une envie de tout faire sauter. Mais qu'est ce que c'est, nom d'un chien ? C'est pire que de l'indifférence ! Allez, voilà que ça recommence. Des hommes en cagoule procèdent une nouvelle fois au contrôle. Tout passager étranger à la commune est prié de les suivre, le canon dans les reins.

– Cette fois, on peut s'estimer heureux, crie le jeune homme ; on fait descendre les femmes. L'autre jour, elles avaient le culot de nous prendre nos places quand on nous mettait dans le fossé, et elles, elles gardaient le cul collé au siège quand on remontait. « Tout le monde dehors ! » Je commence à apprécier le principe égalitaire.

Et il se met à rire de toutes ses gencives ! Il n'a plus une dent. Ah, on peut dire qu'ils se sont donnés le mot pour lyncher le peuple ; il est déjà fendu en pleine figure, celui-là. Mais qu'il ferme sa tirelire ! Je ne peux plus le supporter ! Ces gens, ça vous serine aux oreilles des histoires terribles, et ça vous oblige au respect.

– Alors, ça t'a servi à quoi, l'Indépendance ? lui demande le poitrinaire.

Il n'est pas gêné ; un vrai chef d'orchestre : il agite ses longs bras osseux, les laisse retomber et les laissent s'envoler à nouveau :

– Oh, du calme ! C'est pas la question, hein ! Moi, de ce temps-là, j'avais rien que des coups de pieds où je pense. Stop. Les quartiers, là, tu les vois ? Interdits. Pas un Arabe qui y entrait. C'est clair. Stop. On n'en dit pas plus.

Qui n'a jamais entendu cette rengaine ? Cette fois, ce n'est pas ce clown, cet agité qui va lui faire la morale. Il lui prend brusquement la nuque, lui plaque le visage contre la vitre et déclame :

– Moi, je ne vois rien. Rien que de la merde. C'est ça, l'Indépendance. Stop.

Et il s'étouffe dans une quinte de toux. Ces mots, ce n'est pas la première fois qu'il les entend, et, chaque fois, c'est dans la gorge qu'ils lui font de l'effet ; même qu'il s'était précipité chez le docteur et que ça avait l'air sérieux quand on lui disait que ce ne pouvait être que de l'asthme.

– C'est bizarre, cette impression d'étouffer. Je ne l'éprouve qu'ici, se plaignait-il ; les chats, ailleurs, ne me gênent pas ; la poussière, c'est pareil ; mais ici, c'est toujours la même chose. Il suffit que j'entende certains types parler pour que ça se déclenche.

– C'est bien ce que je dis : c'est de l'allergie, c'est de l'asthme.

Alors, le clown, c'est de l'allergie ; c'est donc de l'asthme !

Le pauvre diable débite, sous les huées des passagers, des extraits de la Charte nationale. Il déclare que les ânes travaillent mieux que les éboueurs et que la Casbah, la mer et le thé ont le même sens que le mot liberté. Que c'est ça, la culture des princes ; voilà pourquoi on raconte que, dans chaque Arabe, sommeille un pacha.

– On est de la race des seigneurs ! qu'il a le toupet de crier. Je ne te permets pas de délirer comme tu le fais. Ce pays, on a lutté longtemps pour l'avoir..

– C'est ça, c'est ça... et pour l'entraîner dans le plus grand merdier.

* *
*

Les lumières brûlent de leur flambeau de foire, froufroutant par moment comme des papillons de soie, comme de petites torches de brume, ocre et blanche. La nuit se pare de ce voilage d'argile.

Les muezzins et les prêtres soulagent la douleur des hommes en propageant, de minarets en clochers, la bonté divine. Cette parole, ils la portent à leur bouche comme un bout de pain trempé d'huile. Qui la partage encore ? Qui l'entend aujourd'hui ?

Les volets restent fermés sur les rues encombrées de camions kaki et d'hommes en armes qui courent et gesticulent, s'enfonçant dans le silence, là où tombent des trombes de youyous, des flots d'adieux.

C'est la couleur de la lutte, du corps à corps, des étreintes rageuses qui nous couchent les uns contre les autres – et pour rien. Rien qu'un soleil flambant de haine ; du bleu sur les paupières qui ne se soulèvent plus au premier coup, ni au second, ni au troisième. On ne choisit pas ses peurs : c'est le froid qui vous prend les os, vous fait trembler comme une pauvre fleur, arrachée et brûlée par ce vent qui vient des enfers et souffle en sirocco. J'en ai assez de cette rumeur, assez de ces terreurs qui étranglent, de ces mensonges, de ces vérités qu'on n'a plus la force de soutenir. Il y a des camps et des prisons secrètes où pourrissent des hommes. J'entends leur respiration. Les tortionnaires accomplissent leur massacre : on égorge, poignarde, étrangle, fusille. Le sang qui coule est offert en sacrifice à Dieu ! Les corps qu'ils traînent disparaissent dans les dunes. Parfois, des têtes sont retrouvées, recouvertes d'ordures. Les poubelles des cités en sont pleines.

Le matin se lève à nouveau sur ces silences. Des hommes en ordre semblent attentifs au désordre des ruées fourmillantes, éperdues, qui battent le pavé de bonne heure. Quand une foule, de ses pauvres pieds, se met à marteler la terre, c'est qu'elle a besoin d'un rythme pour continuer d'avancer.

Leurs pieds les poussent, chaque fois, des kilomètres plus loin, où trouver cette semoule, ce grain qui leur gonflera le ventre en soulageant leur faim. Autour de moi, on pourra toujours dire : « Ils n'ont jamais eu faim ! C'est de leur faute s'ils sont malheureux ! Ils n'ont jamais voulu qu'on les éduque... » On pourra toujours dire qu'ils n'ont jamais eu froid. On les a laissés s'enfoncer dans un mince matelas de mousse, les reins appuyés au sol, dans des baraques qui empestaient le moisi. Je n'oublierai jamais ce jour où Chahine et moi sommes restées impuissantes devant une femme que rongeait un cancer. La crainte d'une douleur nouvelle faisait trembler son corps amaigri de petites secousses. Avec une lame de ciseaux, elle frottait sa peau brûlée d'escarres – parce qu'on ne peut trouver de calmant dans aucune pharmacie. Elle ne délirait pas, elle priait :

– C'est comme un feu dans les os. Ne me demande pas de quelle couleur sont le ciel et le soleil : je ne vois rien. Mon fils dort dans un coin. Ma fille est dehors et porte sur ses huit ans les quatre années de sa cadette. Toutes deux jouent comme des oiseaux à creuser la terre de leurs doigts acérés comme des becs. Elles mangent le sable. Plusieurs fois, je les ai frappées sur la bouche. Mais elles ne peuvent se retenir. Elles en emportent sous leurs ongles. Il a le goût des châteaux, des robes de fêtes, des cheveux blonds comme l'or qu'on caresse dans nos cœurs. Et je les regarde avec envie. Et je me méprise de ne pouvoir tout leur donner !

Les garçons dorment. Les fillettes sont du côté du ciel ; sans pudeur, d'ailleurs. Celles-là n'ont pas à s'en faire, elles n'ont pas à cacher leur sexe dans des culottes de coton, le sable leur a tanné le cul jusqu'au nombril et, cette douceur, elles la connaissent pour l'éternité ; elles ont senti les caresses de la terre qui les vêt d'une deuxième peau. Un amour exceptionnel que les autres ne trouveront nulle part. Il n'y a qu'une fille d'Algérie pour donner de l'amour comme de l'amour, de la tendresse comme de la tendresse, de la douleur comme du bonheur ; même s'il n'y a personne pour s'en soucier. Elles n'ont jamais vu le ciel ; elles n'ont jamais vu de fleurs près de leur lit ; elles ne connaissent que l'odeur des narcisses et le goût de l'herbe amère. Elles sont enfouies, ensevelies, courbées sur leur calvaire. Elles n'ont jamais relevé la tête.

Je ne les plains pas. Mes pauvres yeux ne voient rien. Ils ne me disent rien de bon. Elles sont heureuses de souffrir, autant que ces enfants qui courent en portant des seaux d'eau plus lourds qu'eux, qui se prennent les pieds dans la vitesse de leur petites jambes et me regardent en riant parce que j'ai tremblé en les voyant tomber. Ils ont le temps – ce temps infini dont tu n'as même pas l'illusion –, tout affairés qu'ils sont. Ils ont le temps de m'embrasser des yeux, de mordre mon cœur de leur clownerie et de me laisser leur morsure. Laissez-moi rire. Ils ont mangé le soleil qui les a brûlés, arraché la racine qui les a nourris, bu l'eau du ciel qui les a rafraîchis...

Laissez-moi rire. Il est trop tard... Trop tard. Il y a eu trop d'injustice, trop d'erreurs. Trop d'horreur dans ce pays...

* *
*

Les enfants jouent sur le bord des routes, d'un trottoir à l'autre (mais il n'y a plus de trottoirs... et plus d'enfants). Ils inventent des jeux d'adultes : le petit commerçant, le petit acheteur, la chansonnette : « Chique – cigarettes – cacahuètes – allumettes – chique... »

Cherche pas la mère, cherche pas le père. Ils sont sortis tout seuls, à la file ; on dirait une série de casseroles – et qu'est-ce que tu mets là-dedans ? Rien. Rien. Tu ne mets rien. Dans cette ambiance de souk, les vols à la tire sont fréquents. Les agressions aussi. Les brasseries, les salons de coiffure ont reçu l'ordre de fermer. La menace est sérieuse et la tension que je ressens aujourd'hui est bien différente de celle d'il y a quelques mois. De plus en plus d'enfants travaillent dans les rues, espérant gagner de quoi faire vivre leurs parents. Plus de limites... Alors ils volent, ou ils crèvent. Je ne plains personne ; on a chacun son lot de saloperie. On n'a pas plus d'éducation qu'eux. La situation du pays est plus que catastrophique. Advienne que pourra ! On continue de prendre d'assaut les commerces malgré leurs rayons vides. Et les quelques produits de base (qui ne trouvent pourtant pas d'acheteurs) continuent d'afficher des prix exorbitants – de quoi provoquer une émeute. L'augmentation brutale du prix du pain et de l'essence est vécue comme une provocation. Comment raison garder devant de telles situations ? La patience a des limites. De nouveau, la révolte explose, de jets de pierres en malédiction, de soûleries en tueries.

– Vous l'avez vu, celui-là, il ne manque de rien, s'exclame un homme au milieu du trottoir. Pourquoi il s'est mis à empoisonner la vie des pauvres gens ? Le pain, c'est sacré, même mort on te le donne. Pourquoi ce type ne reste pas tranquille ? Le matin, sa marchandise part à une vitesse folle. C'est le genre à ne pas tenir une journée entière. Vous voyez la chance qu'il a. Qu'est-ce qu'il cherche, l'après-midi, en vendant le pain à quatre dinars la portion, si c'est pas des problèmes ? Il dit : « C'est du pain blanc, et du meilleur, du bâtard ! » Moi, s'ils le tuaient, je trouverais ça honnête...

Je me fiche de ce boulanger, je me fiche pas mal de leur panier vide. On est tous coupables de ce merdier.

* *
*

Cinq, six, sept heures ? Les pneus crissent. Une

voiture démarre sur les chapeaux de roues. Fusillade. Une... deux... C'est la nuit. L'immeuble ne respire plus. Quel immeuble ? Et de quel côté ? Des gendarmes français viennent d'être abattus.

Merde. Ce n'est pas demain qu'on va pouvoir partir. L'ambassade de France a fermé ses portes. Les vacanciers rentreront par la route. Et nous, nous ? Qu'est-ce qu'on va devenir, hein ?

Le plat à charlotte à disparu. Charlotte ! On fera des crêpes et des tartes aux poires. On est des charlottes. On est des poires. On ne fera rien de tout ça. On dormira, et un petit vent nous caressera, qui passera sur nos jambes, soulèvera nos robes, très légèrement, et montera, doucement, doucement, sur nos bras, jusqu'à nos lèvres. Si l'on sonne, on ne se lèvera pas. Si l'on frappe, on ne répondra pas. Si les chiens aboient, on ne criera pas. On dormira comme avant, une vraie sieste d'été après un bon repos de vacances, avant la rentrée.

Les cris montent de la rue. Plus de lait. Plus de pain. Plus de beurre. C'est bientôt la rentrée des classes. La presse nationale recense les points de ravitaillement pour cette période exceptionnelle.

J'achète un journal. Je ne lis que les gros titres et le billet de Saïd Mekbel. C'est suffisant pour le moment. La rumeur, où en est la rumeur ? On parle de septembre, on parle de novembre. On dit que le 5, ou même après, tout va sauter. Le groupe islamiste armé ne veut plus négocier. Et il profère ses nouvelles menaces : plus de mixité, plus de musique, plus de sport pour les filles. Et les filles n'en peuvent plus de trembler.

La rentrée arrive trop tôt. On est fatigués de tout ça. On ne peut plus rien supporter. Près de quatre cents écoles ont été brûlées. D'autres le seront encore si les ordres ne sont pas respectés. Brûlées ? Et après ? Pour le moment, c'est faire ses courses qui est important. Le reste, on verra plus tard.

– Comment ils vont la faire, leur rentrée ? peste un homme dans la longue file d'attente d'une boutique. On a planté des tentes dans certaines régions pour aider les défavorisés : « Il y aura du matériel pour tous ! » Tiens ! Ils ont oublié de préciser : « ... pour tous les escrocs. » Qui va en profiter, à ton avis ? Les tentes sont montées, et la magouille avec. Pas un stylo. Pas même une gomme. Après, tu te demandes pourquoi les mômes, du matin au soir, ils traînent dans la rue ?

– Il ne fallait pas faire autant de gosses, clame une autre voix.

– Tu as raison. Ça me rappelle le grand patron. Il venait en cachette vérifier si l'usine tournait. Couchés comme des chats au soleil, on dormait près des cuves brûlantes. Que ça chauffait ! Dehors, un froid canadien. A l'intérieur, le

Sahara. Je te dis pas les conditions. Alors, il est entré et il a dit : « Système-D ! – Ah, Monsieur, c'est tout le pays qui est dans le système-D ! » Et on a parlé de la famille, de la misère. Nous, on parle jamais entre nous ; si on commence, on s'arrête pas. Lui, il écoutait, comme un docteur, et il a dit que c'étaient pas les « cachets-pilules » qui allaient stopper les enfants, mais la télévision.

– Et tu l'as achetée, la télévision ?

– Les enfants étaient déjà faits ; mais j'ai payé pour la « parabolique ».

– Alors tu es riche ?...

– On peut pas faire autrement. C'est ça ou la faillite. J'écoute la télé de chez nous, et je comprends pas ce qu'elle raconte : films égyptiens... informations trafiquées... kif-kif, tu n'y comprends rien. Ils n'ont qu'à se la garder, leur télé. Et pourtant, tu sais d'où je suis, moi ? Le Rouffi. Les Balcons du Rouffi. Les militaires français nous balançaient comme des ordures de la falaise. Et pas qu'un seul. Maintenant, qu'est-ce qu'on fait ? On les suit. Eux, ils sont partis, nous, on les suit. C'est pas normal, mais ça tourne comme ça depuis plus de trente ans. Va comprendre ! Eh bien, là-bas, quand ils refusent l'entrée sur le territoire – parce que, maintenant, c'est fini, tu peux plus aller en France comme tu vas chez ta mère, hein ? – eh bien, ma parole, je pense qu'ils ont raison. Ils se gardent le meilleur. Tu vois, qu'on a tout perdu. Alors, on s'accroche au fil. Heureusement, sans ça, je vois pas comment on vivrait. On sait même plus dans quelle langue causer. Figure-toi que j'ai été contrôlé sur la route de Badjara. Le gars a pointé son canon sur la vitre et m'a demandé en arabe littéraire si j'avais eu l'honneur de croiser un terroriste. Ma femme a eu tellement peur qu'elle a mouillé le siège. C'est peut-être ça qui nous a sauvés.

* *
*

Le 5 octobre. Ils avaient dit qu'ils fermeraient les frontières et délogeraient les fous qui prennent racine dans les maquis. (Au mois d'août, déjà, ils ont brûlé la forêt de Tlemcen au napalm.) Pour le moment, on se demande comment reconnaître les vrais barrages des faux. Ça devient redoutable. L'armée, à ce qu'on raconte, surveille les villes le jour, le FIS, dans la région de Blida, et même dans d'autres régions, surveille les villes la nuit.

L'aéroport est désert. Le consulat de France a plié bagage. Désormais, pour avoir un visa, il faut écrire à Nantes.

Sélim poirote devant le guichet fermé de l'agence Swiss-Air. Les portes battent au vent, la poussière tournoie, picote les yeux, les narines...

– Ohé ! Libéré ! C'est fini ! Ça y est !... Libéré !

La voix résonne. Sélim ne distingue rien. Qui parle ?

On nous a rendu Matoub Lounes ! On nous l'a rendu ! Vivant. Oui, vivant ! Comment est-il arrivé ? Comment ? On va en faire une légende, de ce retour. On va faire chanter les arbres – les arbres qu'on ne voit presque plus mais qui ont laissé leurs racines dans le ventre de la plaine. Et puis on va faire chanter les villages – les villages qui n'en peuvent plus mais qui ont gardé assez de voix pour faire pleurer la montagne. On va faire ça pour Matoub Lounes. C'est un poète qui nous revient. C'est un revenant et un poète ! Un dieu vivant qu'on nous avait volé pour nous torturer, comme s'il n'y avait pas assez de malheur !

* *
*

Aux Glycines, ça ne sent plus la cire d'abeilles, ni la lavande, ni la fleur de citronnier. Ça sent le bois rouge et le sapin. Ça sent l'écorce blessée et la résine qui brûle, les peaux d'oranges posées, délicatement, sur les radiateurs.

Quinze jours ont passé. Quinze jours à peine. Ce n'est pas beaucoup. Ce n'est rien. Ce n'est pas la radio qui nous l'a appris ; c'est un coup de téléphone de Paris.

On m'a dit : « ... deux religieuses espagnoles :

sœur Esther et sœur Caridad. Le 8 mai, c'étaient deux autres, déjà : sœur Paule-Hélène Raymond et père Henri Verges, je crois. »

– Qu'est-ce qu'ils avaient fait ? Qu'est-ce qu'ils avaient fait ? Que du bien ! Du bien !

– Oui. Et les autres... tous les jours... qu'est-ce qu'ils ont fait ?

Aux Glycines, ce sont les murs qui pleurent en silence devant le crucifix ; et qui pleurent des prières, et des prières, et des prières. Dans les couloirs embaumés de vapeurs d'eucalyptus et de girofles, la mort n'a pas laissé son odeur. Rien. Elle s'en est allée, comme si de rien n'était, se saisir d'autres innocents – comme cet enfant de sept ans, égorgé devant ses parents.

Sept ans ! Égorgé ! Pourquoi, déjà ? Dis-moi, pour qui ?

* *
*

Je ne prierai plus. Que Dieu me pardonne ! Je ne prierai plus ! De grâce, qu'Il nous revienne, et nous pardonne !

* *
*

Les voitures cahotent dans la nuit. Il pleut. Que viennent les nuits fraîches et que commence l'hiver, le dur hiver qu'il nous faut ! Les immeubles se dressent dans l'ombre de la lune comme des silhouettes obscures qui veillent sur les habitants. Qui vole ? Qui tue ? Pas une plainte, pas un cri, et le jour se lève sur des centaines d'absents. Oh ma douce, ma doucereuse illusion, j'ai idée qu'on se relèvera de l'horreur, qu'on chantera des hymnes bien à nous, chargés de vérité, de la très chère vérité, et avec la même indolence que les anciens, nos pères, nos illustres perdants ! Mais ce temps est lointain. Il a l'âge des gamines qui se maquillent devant des morceaux de miroirs et qui se font des hennés rouges comme leur jeune timidité. Devant les garages ouverts aux rats, des fillettes tordent leurs petites fesses au rythme d'un clapotis radieux. C'est à cet âge qu'on chante les plus belles rondes sans fanfares. Qu'on se dit bonsoir sans trembler, un beau sourire de printemps aux lèvres.

La patrie carbonisée : c'est la montagne cramoisie. De Palestro aux plaines, des gorges de la Chiffa aux montagnes, on regarde filer le vent sur des troncs brûlés. Et la fumée monte avec les frimas qui encombrent nos vies.

Ce n'est pas la Corse, ce n'est pas l'Irlande, ce n'est pas le Guatemala, ce n'est pas de notre faute. Le cauchemar durera aussi longtemps qu'on dormira. Mais on se réveillera. Chacun pour soi. Vite. D'oracles en oraisons, on se morfondra de faux bonheurs, comme on se souviendra des jours, des tourbillons d'enfants qui feront le chemin des fantômes aux vautours...

Quand il était une fois un peuple, un pays, une terre que tout le monde rêvait de quitter.

Un jour...

TRANSCODÉ
ET ACHEVÉ D'IMPRIMER
EN JANVIER 1995
SUR LES PRESSES DE
L'IMPRIMERIE HÉRISSEY
A ÉVREUX (EURE)

Numéro d'édition : 0225
Numéro d'impression : 67617